"我清晰地看到闪闪发光的海水和沙滩,
但我的眼睛为何没有洞察这个世界所发生的微妙的质变呢?"

春雪
はるのゆき
ほうじょうのうみ
豊饶之海（一）

[日] 三岛由纪夫 著

陈德文 译

广西师范大学出版社
辽宁人民出版社

~三岛由纪夫作品系列~

二十八	301
二十九	310
三十	326
三十一	333
三十二	342
三十三	351
三十四	363
三十五	383
三十六	395
三十七	400
三十八	420
三十九	432
四十	451
四十一	460
四十二	475

四十三 486

四十四 495

四十五 504

四十六 513

四十七 521

四十八 532

四十九 541

五十 549

五十一 556

五十二 568

五十三 578

五十四 583

五十五 594

译后记 600

二十八

清显难得要来看望本多，想同他长谈一番，本多叫母亲准备晚饭，这个晚上也暂停为了迎考的学习，不打算温课了。这个朴实的家庭来了清显这位稀客，立即增添一种华丽的空气。

白天，白金般的太阳始终裹在云层里燃烧，酷暑难耐，夜晚依然暑气不消。两个青年卷起衣袖在聊天。

朋友到来之前，本多就抱着一种预感，等到两人在墙边的皮沙发上坐下，开始交谈起来之后，他就感到清显再也不是过去那个清显了。

本多第一次发现他的眼里闪耀着如此率直的光辉。这是一位标准的青年人的目光，然而本多心中依然怀恋以前这位朋友略带郁悒的低伏的眼神。

尽管如此,朋友肯把这样重大的秘密毫无保留地对他和盘托出,这使他甚感幸福。虽然本多已经等待了很久,但从来没有强迫过他这样做。

细想想,本来这种内心的秘密,即使对朋友也不可泄露,但是这桩重大秘密一旦关系到名誉和罪孽,清显这才爽快地袒露出来,作为朋友受到他无比的信赖,本多自然感到非常高兴。

抑或是心理作用吧,在本多眼里,清显已经成熟多了,那种优柔寡断的美少年的面影淡漠了。眼前正在说话的,是一个热恋的青年,完全摒弃了言谈举止之中那种闪烁其词、似是而非的表现。

清显面颊潮红,牙齿洁白闪亮,说起话来略显几分羞赧,而声音铿锵有力。他的眉宇之间英气凛然,是个地道的沉湎于情恋中的青年的姿影。说起来,同清显最不相称的也许就是他那喜欢内省的一面了。

听罢清显的叙述,本多迫不及待地说了一通毫不相干的话。

"听了你小子的故事,不知为什么,使我想起一件奇特的往事。那是什么时候啊,你问我还记得不记得日俄战争，后来我到你家里去，你给我看一册日俄战争的影集，其中有一张《凭吊得利寺附近战死者》，那种奇异的简直就像精心导演出来的舞台上的群众场面，当时你说你最喜欢这张照片。那时我就想，你小子一向讨厌强硬派，怎么会说出这种混话呢？

"可是今天听了你的一番话，这种美丽的恋爱故事又叠化出那片黄尘滚滚的原野上的景象。我也闹不清楚，究竟是为什么。"

本多一反寻常，一方面说了一些暧昧不清、一时心血来潮的疯话，一方面又怀着赞叹的心情看待清显这桩违法犯禁的行为。他对自己也感到奇怪起来，他一向是个决心恪守法规的人啊。

这时，仆人端来两份晚餐，这是母亲精心安排的，为了使这对哥儿们在一起痛痛快快吃顿饭，各人的食盘里都放着酒壶。本多为朋友斟酒，唠着家常：

"你小子奢侈惯了，我家的饭菜合不合你的口味，母亲一直担心着呢。"

清显吃得很香，本多看了很高兴。两个年轻人好一阵子都不言语，只顾埋头吃喝，表现出旺盛的食欲。

饭后,各人都沉浸于充分的冥想之中,本多在思忖,听到同龄的清显表露的这段爱情故事,自己既不产生嫉妒也不感到羡慕,心里只是充满幸福,这究竟是为什么呢?这种幸福感浸泡着心灵,就像雨季的湖水不觉之间涨满了水边的庭园。

"今后你打算怎么办呢?"

本多问道。

"我还没有好好想过,我这个人一旦开了头,中途就不会停下手来。"

要是以往的清显,做梦都不可能听到他会做出这番回答,他的话足以使得本多睁大了双眼。

"这么说,你要和聪子小姐结婚吗?"

"那不行,已经下来敕许了。"

"你想不想冒犯敕许结婚呢?比如逃往外国去结婚。"

"……你小子懂得什么呀。"

清显说着说着沉默了,眉宇间今天初次浮现出以往那种暧昧的郁悒的表情。本多本来就是为了看到清显原来这副神色才追问到底的,可是一旦看到了,反而在幸福感里平添一层淡淡的不安的阴影。

清显寄望于未来的究竟是什么呢?他的那张面孔仿佛是用微妙的线条精心绘制的一幅工艺肖像画,本多眺望着他美丽的侧影,不由浑身战栗起来。

清显端着一盘饭后上的草莓,离开座席,来到本多收拾得十分整洁的书桌边。他用胳膊肘支撑着桌面,坐在转椅上,轻轻向左右摆动着身子,胸和脸都把胳膊肘作为支点,摇摇晃晃转动着角度;右手用牙签穿起一个个草莓抛进嘴里,显示出全然不受严格家法约束的一副吊儿郎当的派头,素洁的胸脯上落满了糖屑儿,他不慌不忙地掸了掸。

"喂,要招蚂蚁的。"

本多一说,清显含着草莓笑了。他多少有些醉意,平时白皙而淡薄的眼圈泛红了。而且,转椅一下子转过了头,那只白里透红的腕子来不及移动,他身子微妙地歪斜下来。这位青年似乎自己还未回过神来,突然遭到一次莫名其妙的痛苦的冲击。

清显修长的眉毛下闪烁着一双充满梦幻的眼睛,

然而，本多切实感觉到，那副神采绝不是在注视着未来。

和平时不同，本多很想把满心的焦躁传达给对方，看来，先前的幸福感不得不由他自己亲手击破。

"我问你，今后究竟作何打算呢？你想过事情的结果没有？"

清显抬眼注视着朋友，本多至今未曾见到过这种既明亮又黯淡的眼眸。

"有什么必要想这些呢？"

"可是，围绕你和聪子小姐的诸多事项，到了必须要有一个归结的时候了。你们二人不能像两只做爱的蜻蜓一样，光是在半空里飞翔，总得有个停歇的地方吧。"

"这个我清楚。"

清显只应付了一句，随即闭嘴了。他的两眼四顾茫然，望着屋内的各个角落，例如书架下面和字纸篓一旁的小小阴影；望着这座简朴的学生式的书斋，随着夜的到来，仿佛带着几多眷恋之情，于不知不觉之间悄悄渗透进来一些微微的暗影。清显黑眉间的一弯曲线，宛若将这些阴影凝缩为弓弩，使之呈现出流丽宛转的造型。他的眉毛生于情感，又凝缩着情感，仿佛是一位英姿飒爽的卫士，一边守卫着阴郁而不安的眼睛，一边忠实地扈从着眼睛，目标对着同一个方向。

本多决心将一时盘旋于脑海里的一个念头说出来。

"我刚才不是说了些奇怪的话吗？听到你和聪子小姐的事，想起了日俄战争的照片。

"我在考虑，为何会这样呢？若是硬要摆出道理，也许就因为下面这些缘由。

"随着明治时代的过去，那些兵荒马乱的战争年代终结了。往昔的战争故事，已经堕落为监武课堂上幸存军官的功名录和乡间炉畔的渔樵夜话，如今的年轻人，谁还肯跑到战场去送死呢？

"然而，行为的战争结束了，代之而来的，感情的战争时代到来了。这场无形的战争，那些头脑迟钝的家伙是完全感觉不到的，甚至不相信会有这种战争。但是，这种战争确实已经开始，为着这场战争所特选的青年们,无疑已经开始了战斗。你小子就是其中之一。

"同行为战场一样,我认为,年轻人也会战死于感情的疆场,这恐怕就是以你为代表的我们时代的命运……看来,你已经决心战死在这个新型战争的战场上了,对吗?"

清显一个劲儿微笑,不作回答。窗外,吹来一阵雨前湿润而凝重的风,他们汗津津的前额犹如倏忽扫过冰凉的刷毛。本多认为,清显之所以没有回答,是因为不言自明根本没有回答的必要呢,还是自己的说教正好符合他的想法而又过于直截了当,一时使他难以开口呢?二者必居其一。

二十九

三天后,有一天学校里下午停课,上午上完课之后,本多就和家中的学仆一起到地方法院去旁听,这天从早晨起一直下雨。

父亲是大审院法官,在家里也是个十分严峻的人。儿子十九岁了,上大学之前就用功学习法律,父亲看他前途有望,决心让他子承父业。从前,审判官是终身职业,今年四月,法院组织进行大规模改革,二百余名法官被命令停职或退役,大审院本多法官怀着与不幸的老同事们共命运的心情,也提出了退职申请,但没有被批准。

于是,他的心情也发生改变,父亲对儿子的态度中,增添了一层上级对未来接班人的关爱和宽慈之情。对本多来说,这是父亲未曾有过的新的感情,为了实现父亲的期望，他越来越刻苦用功了。

让尚未成年的儿子到审判席旁听，也是新的变化之一端。除了自己主审的案子不许儿子旁听之外，不论民事刑事，一律允许他和在家自修法律的学仆一起自由出入法院。

要使通过书本学习法律的繁邦接触日本判案的实际，以便学习法律实际操作上的一个侧面，说到底也只是表面的理由，父亲的意图是想通过对揭开表象、暴露人本来面目的刑事案件的审理，让十九岁的儿子那种稚嫩的感受能力经受锻炼，由此确实学得更多的东西。

这是一种危险的教育。但是，青年们通过游惰的风俗和歌舞音曲，只吸收一些合乎年轻人柔弱的感性的东西，只要合乎自己的胃口就接受过来，因而有被同化的危险。比较起来，在这里旁听，至少一方面可以睁大严肃的法制的眼睛，有效地接受实际教育，另一方面又能亲眼看到人的那种游移不定、炽热而不洁净的黏性的情感，眼见着受到严冷法律的一番打理，犹如经过厨房中的烹调，从中获得技术操作的本领。

他们在赶往刑事第八科小型法庭的时候，发现法院阴暗的走廊微微闪现着光亮，原来那是洒满荒芜的庭院中绿树上的雨水。本多感到，这座熔铸着犯人心情的建筑，作为理性的代表，实在充满了过多阴郁的气氛。

这种阴郁的情结，直到他在旁听席上落座之后依然挥之不去。性急的学仆及早把他带到这里来，将老师的儿子撂在一旁，自己只顾阅读随身携带的案例卷宗。本多颇为不悦，蓦地朝他瞅了一眼，又转头望着审判官席、检察官席、证人席和律师席等，那些空荡荡的椅子仿佛浸满雨水的潮气，宛若自己空虚心灵的生动写照。

本多只是凭借一副年轻人的目光观察一切！观察本来就是他天生的使命。

本来，繁邦性格开朗，立志使自己做个有为的青年，打从听到清显的一番告白之后，忽然产生了奇妙的变化。说是变化，其实是产生于亲友同学之间的一种不可理解的错位。长久以来，他们互相珍重对方的性格，虽然没有任何赐予，但三日前，清显突然像一个病愈后将疾病传染给别人的患者，在朋友心中种下内省的病菌扬长而去了。而且，如今这种病菌迅速繁殖，看起来本多比清显更具有符合自己的内省的资质。

这种症状首先表现为一种莫名其妙的不安。

"清显现在怎么样了？我是他的朋友，怎好茫然失措，一直袖手旁观呢？"

午后一时半开庭，等待的时候，他的心早已离开即将开始的审判场面，始终被这种不安的情绪所左右。

"我应该对朋友提出忠告，叫他彻底断念，不要再这样走下去了。

"过去，一直不管朋友的死活，只是守望着他的优雅，相信这都是出于自己的友情。今天，他把一切都袒露出来，作为朋友应该行使起码的友谊的权利，努力将朋友从迫在眉睫的险境中拯救出来，这才是正当的态度。到头来即使遭到清显的抱怨，哪怕宣告绝交也绝不后悔。等过了十年二十年后，清显也许会理解的。即便一生不理解也没有关系。

"清显确实在朝着悲剧径直走去。那是美丽的,犹如瞬间掠过窗前的鸟影,然而,眼看朋友为这种美丽牺牲整个人生,自己能置之不理吗?

"是的,今后自己将倾力献出一个凡夫俗子的友情,不管遭到他怎样的嫌弃,都要给他危险的热情浇上一瓢冷水,竭尽全力阻止他突入命运的渊薮。"

——主意已定,本多的头脑猝然燥热起来,他再也无心等待旁听同自己毫无干系的审判了。他恨不得立即跑到清显那里,千方百计劝他回心转意。可是这种愿望又不能马上实现,因而又增添一层新的不安,使他心急如焚。

定睛一看,旁听席上已经坐满了人,他这才知道学仆为何及早占好了位子。有的看起来像研读法律的学生,也有许多普通的中年男女,佩戴袖章的报社记者们也纷纷忙碌起来。这些人怀着好奇心赶来,同时又装得一本正经,有的留着胡子,装腔作势地摇着扇子,伸出长着长长指甲的小指挖耳朵,掏出硫磺般的耳屎,消磨着时间。本多眼里瞅着这帮听众,发觉这些一心只想着"我们决不会犯罪"的人是多么丑恶。

自己千万别像他们一样,哪怕一丝一毫都要极力避免。洒满雨水的窗户透射着灰白的光线,平板似的映在旁听席每个人的面孔上,只有法警黑色帽檐上的闪光显得格外耀眼。

人们喧闹起来,原来是被告到场了。被告身穿蓝色囚衣,跟着法警走向被告席,旁听的人争着看那人长什么模样。本多透过人群的缝隙,隐约看到一个小小的白胖的面颊和深陷的酒窝。不久,他又发现被告似乎是个女囚,梳着高高的发髻,浑圆的肩膀团缩在一起,没有任何紧张感。

律师出庭了,只等着审判官和检察官到来了。

"就是她,少爷,没想到这个女子会杀人,都说人不可貌相,果不其然。"

学仆在本多耳边嘀咕着。

审判正式开庭,先由审判长向被告问清姓名、住所、年龄、籍贯等。场内鸦雀无声,似乎甚至能听到书记员沙沙沙纸上走笔的声音。

"东京市日本桥区浜町二丁目五番地,平民增田登美。"

被告起立，流利地回答，但声音很低，听不清楚。旁听的人一律向前探着身子，用手兜着耳朵，唯恐漏掉每一句关键的提问。被告有问必答，但是问到年龄时，不知道有意无意，稍微迟疑了一下，在辩护律师的催促下，才醒悟过来：

"三十一岁。"

她朗声答道。此时，她蓦地回头望了望律师，脸上飘着散乱的鬓发，一双眼睛清炯有神。

站在那里的身个儿小巧的女人，在众人眼里犹如一只半透明的蚕，即将吐出意想不到的复杂的罪恶细丝。她那轻微摆动着的身子，使人联想到囚衣腋下润湿的汗珠，因不安的心跳而一时晃动乳头的乳房，以及对任何事情都麻木不觉、稍显冷艳而丰实的肥臀。她的肉体由此放散出无数罪恶的细丝，最后被罪恶的茧子紧紧封裹。肉体和罪恶竟然有着如此完美的照应……这正是世上的人们所寻求的，一旦沉迷于这种热烈的梦魇，平时人们所激发起来的一切爱情和欲望，都将化作罪恶的成因与结果。不论是瘦削的女子还是丰腴的女子,她们的身姿就是罪恶的形态,包括她的乳房表面渗出的想象的汗水……眼下,她的肉体已经成为无害的想象力的媒介,旁听的人们逐一认可了她肉体的罪恶,从而沉浸于喜悦之中。

年轻的本多自然也觉察到旁听者们的这种想象,但洁身自好的他拒绝自己的想象同他们混为一体,只是专心倾听被告对审判官讯问的陈述,逐渐向案件的核心迈进。

女子的陈述过于冗长,说话颠三倒四,但事情很清楚,这桩人命案皆因一连串主动而热情的行动,最后走火入魔导致成为一出悲剧。

"被告是什么时候开始和土方松吉同居的?"

"那是……去年,这我不会忘记,是六月五日。"

"这我不会忘记"一句话,使旁听席上腾起一阵笑声。法官叫大家肃静。

增田登美本是一家餐馆的女招待,和厨师土方松吉相好。土方新近死了老婆,单身一人,增田为了照顾他,从去年起开始同居。但是土方不愿和她正式办理结婚手续,两人同居之后,他越来越热衷于嫖女人。去年岁末，竟然为同一条浜街上岸本餐馆的女侍大量花钱。这位名叫阿秀的女侍芳龄二十，善于迷惑男人的心，弄得松吉经常整夜不得回家。今年开春，登美找到阿秀，恳求阿秀把男人还给她，阿秀嗤之以鼻，登美一怒之下，就把阿秀给杀了。

这本来是一桩市井里巷常见的三角关系的案子，看不出有什么独特之处，但随着法庭调查的深入，一些凭现象很难预测的细节性真实，逐渐显露出蛛丝马迹。

这女子有个八岁的私生子，过去寄养在一个乡下亲戚家里，后来接回东京来让孩子受义务教育。登美决意要和松吉一起过日子，这个有了孩子的母亲竟然稀里糊涂被拖上了杀人之路。

被告开始陈述当天夜晚杀人的经过：

"说起来，当时要是阿秀不在就好了，也不会有这种事了。我到岸本餐馆去找她，她要是感冒躺着不出去也就好了。

"使用的凶器是一把片鱼刀，松吉有着手艺人的气质，自己保有几把用得很顺手的菜刀，他说：'对于我来说,这可是武士的刀子啊!'老婆孩子决不许碰一下,自己研磨自己保管。自从同阿秀有了关系之后,怕我吃醋会出意外,不知藏到哪里去了。

"他那般提防着我,我有点恼火,有一次跟他开玩笑,吓唬他说:'不用菜刀,别的刀子有的是。'松吉长期不回家里之后,一天我打扫橱柜,意外地发现包着菜刀的小包,惊奇地看到菜刀上生了锈。由此可知,松吉迷恋阿秀到了什么程度。我手捧着菜刀浑身战栗,这时,孩子正好放学回家,于是很快平静一下心情,想送到磨刀店去研磨一下,这样松吉想必会非常高兴吧?也是我做妻子的一份心意。我把刀包好正要出门,孩子问我:'妈到哪儿去?'我说有事儿出去一下,乖孩子好好看家。孩子却说:'妈不用回来了,我要回到家乡上学去。'孩子的话使我好生奇怪,问明缘由,才知道附近的孩子都嘲笑他,说你妈被你爸给甩了。这肯定是同学从家长们嘴里听来的。孩子觉得与其跟着遭人耻笑的母亲,还不如回到乡下养父母身边更好。我一时气不过,打了孩子,扔下啼哭的孩子跑出家门……"

此时，登美说道，自己心里已经没有阿秀，脑子里只盼着早点去磨刀。

磨刀店忙着做预约的活儿，在登美的再三催促下，等了一个小时才好容易轮上她。走出磨刀店，她已经不打算回家，懵懵懂懂地向岸本餐馆走去。

阿秀因为随便旷工到处游玩，这天过午才回来，老板娘刚刚数落了她一顿，这事关系着松吉，阿秀哭着道歉，事情才算完结。不巧，登美赶来，说有事找她，叫她出去一下，谁知这回阿秀倒爽快地答应了。

阿秀此时已经新换了衣裳准备应客了，她脚蹬木屐，摆出一副高级艺妓的派头，懒洋洋地边走边轻浮地说道：

"我刚才跟老板娘说了，今后再也不和男人来往啦。"

登美心中不由泛起一阵喜悦，随后阿秀又大声笑着，像是要立即推翻自己的诺言：

"只怕我三天也熬不下去哩！"

登美极力控制自己，她把阿秀带到浜町河岸上一家寿司店，说要请她好好吃一顿；又像个大姐姐似的,费尽心机想和她谈谈。阿秀一直冷笑着沉默不语,登美带着几分醉意,半是做戏地低下头来恳求她,而阿秀却不理不睬。过了一个小时,门外黑了下来,阿秀说再待下去又要挨老板娘的臭骂了,于是站起身要回去。

其后,登美记不清两人是如何走到浜町河岸晦暗的空地上的。也许阿秀想回去,登美硬是留住了她,不知不觉走到那里了。虽说这样,登美也不是一开始就对阿秀怀有杀机才把她带去的。

两人争执了几句后,阿秀望着河面上迷离的霞光,露出雪白的牙齿笑着说:

"说千说万都没有用,正因为你这样死乞白赖,所以才遭到阿松的嫌弃!"

这句话是关键,登美陈述道。她对当时自己的心情做了如下的说明:

"……听到她这句话,我火冒三丈,可不,我该怎么说呢?就像一个黑暗中的婴孩,一心想得到什么,或者痛苦得受不了,可又说不出口,只是大声哭叫,乱蹬乱踹。我当时就是这样,手脚乱动,不知怎的,就把包袱解开了,握紧菜刀胡乱挥舞着,黑暗之中,阿秀的身子撞在刀口了。我只能这么说,事情的经过就是这样。"

——听了这个故事,包括本多在内的所有旁听人,都鲜明地看到一个婴儿在暗夜中手舞足蹈的幻影。

增田登美说到这里,两手捂住脸哭泣起来,囚衣内的双肩在抖动,从背后看过去,她那丰腴的肉体反而赢得人们的怜惜。旁听席上的空气,开始时明显的好奇心逐渐发生了微妙的转化。

淅淅沥沥的雨水淋在窗户上,一片银白,使场内弥漫着一层沉痛的光亮。仿佛站在场中央的增田登美,代表着那些生存、呼吸、悲叹和呻吟着的人的全部感情。只有她才有资格享有这种感情的权利。起先,人们只注视着这位三十岁小个子女人丰腴而汗湿的肉体;如今,人们凝神屏气,看着一个为情所苦的女子,犹如注视着一只厨师加工过的活虾。

她的全身无不暴露在人们的视线里,躲开人们耳目所犯的罪行,如今在众目睽睽之下,借助她的身子现出了原形,显示出比起善意和德行更加明晰的罪恶的特质。舞台上的女演员只给观众看到自己想暴露的部分,而增田登美比起女演员来,没有一处不置于众人的视线之中。这就等于说,既然整个世界都是观众的世界,那么一切都可以让人们直视无碍。站在她那一边的律师给她的援助太微弱了,小小的登美,没有女子常用的花梳和金钗,没有任何珠宝,没有华丽的衣衫,她只是个犯人,一个十足的女子。

"要是日本建立陪审制度,弄不好会判她无罪,因为谁也敌不过这个伶牙俐齿的女子啊!"

学仆又对繁邦小声说。

繁邦心想,人的热情一旦循着一定的规律而动,谁也阻挡不住,而现代法律则是以人的理性和良心为前提的,所以绝不可接受这种理论。

繁邦又想,开始来旁听时认为这种审判和自己无缘,眼下又觉得并非如此,不过他发现,面前的增田登美喷薄而出的炽热的岩浆般的情思,自己到底是无法与之相容的。

雨还在下着,天空已经发亮,一部分云层裂开了,连绵不停的雨丝伴着阳光洒满大地。玻璃窗上的雨珠蓦然闪现着光辉，如梦如幻。

本多希望自己的理性永远成为那灿烂的光亮，但他难于舍弃为热烈的黑暗所吸引的心性。然而，这热烈的黑暗只是一种魅惑，不是任何别的东西，是确确实实的魅惑。清显也是魅惑。而且，这种从根本上摇撼生命的魅惑，实际并非属于生命，而是关联着命运。

本多原来打算规劝清显，如今他想等一等，看看情况再说。

三十

眼看就要放暑假了,学习院发生了一件事情。

帕塔纳迪特殿下的祖母绿戒指丢失了!库利沙达殿下吵吵嚷嚷,认定这是一桩盗窃案,闹得沸沸扬扬。帕塔纳迪特殿下谴责这位堂弟太轻率,他希望内部解决,使得事情尽快收敛。不过,这位王子在心里也同样断定是盗窃。

学校方面对于库利沙达的吵闹做出理所当然的反应,回答他说,学习院绝不会发生盗窃事件。这种蹊跷的事情更加增强了王子们的思乡情绪,甚至巴望赶快回国。王子们和学校针锋相对,完全出于下面的一件事情。

舍监认真听取王子们的意见,但王子们的证言略有分歧。他们晚上到校园里散步,回到集体宿舍,吃罢晚饭再回到房间，发现戒指不见了。库利沙达殿下认为堂兄戴着戒指外出散步，吃晚饭时将戒指留在房间里，这期间遭到了盗窃；但是帕塔纳迪特殿下本人记不太清楚了，据他说散步时确实是戴在手上的，吃晚饭时是不是留在宿舍，则记不清了。

究竟是遗失还是被盗，看来这是重要的关键。于是舍监问清了王子们散步时经过的路径，查明了在那个美好的傍晚，王子们曾经跨越禁止入内的天览台的栅栏，在那片草地上躺了些时候。

舍监查明真相的时候，是在一个雨下下停停的炎热的午后。舍监决心催促王子们同自己一道寻找，三人沿着天览台找遍了每个角落。

天览台位于演武场一角，是被草坪包围着的一小块高地，是明治大帝观看学生们练武的纪念场所。这里仅次于大帝亲手栽种杨桐树的祭坛，被看成是这座学校的一处神圣之地。

两位王子在舍监的陪同下，今天公然跨越栅栏，登上天览台，沿着雨湿的草地，要找遍这片一二百平方米大台地的各个角落，不是一件容易的事情。

光是注意寻找王子们躺着聊天的地方还不够，三人分别从三个角落一点点寻觅着，他们不顾脊背被越下越大的雨水打湿，扒拉开一棵棵草根仔细查看。

库利沙达殿下多少怀着抵触的情绪，然而也只得满腹牢骚地按部署进行。温厚的帕塔纳迪特殿下正因为是自己的戒指，老老实实顺着台地一角的斜坡认真巡视。

如此绵密地在草地上一处处详细查找，对于王子们来说还是头一回。虽说可以靠着亚斯卡门神闪耀的金光，但祖母绿宝石的绿色和青草混在一起，很难辨认。

雨水随着制服的衣领渗进脊背，王子思恋着故国雨季的暖雨。淡绿的草根看上去犹如渗进的阳光，云层未断开，湿漉漉的杂草丛里盛开着小小的白花，缀满了雨滴，但依然保留着粉色花瓣上干爽的光泽。有时候，日影透过高高杂草锯齿状的叶子，看起来虽然戒指不可能隐藏其中，掀开叶背一看，原来是小甲虫在下边躲雨。

由于眼睛紧紧盯着附近的青草，草叶渐渐在王子的眼里变得巨大起来,使他们想起故国雨季茂密的森林。灿烂的积云迅速在草丛间展开,天空一半湛蓝,一半暗黑,似乎能听到隆隆的雷鸣。

王子现在热心寻求的已经不再是祖母绿戒指了,而是月光公主已经失去的扑朔迷离的面影。一簇簇碧绿的青草欺骗着他的眼睛,使王子心烦意乱,简直要啼哭起来了。

这时,体育部的一些人将毛衣搭在穿着运动服的肩膀上,打着伞经过这里,他们看到这种情景站住了。

丢失戒指的消息已经传扬开去,男人戴戒指本来就是出于一种柔弱的习惯,一旦丢失就到处寻找,很少能获得大伙儿的怜悯和同情。当他们得知王子在雨中低头寻找的正是那枚戒指,想起库利沙达到处宣扬遭人盗窃,学生们出于厌恶,都对他投以冷言冷语。

不过,他们还没有看到舍监,一旦看到站在一旁的舍监,心里不由一惊。舍监威严地低声吩咐大伙儿帮着一同寻找,于是他们默默转身散开了。

三个人已经向台地的中央逐渐靠近,看来已经没有什么希望了。这时雨已远去,淡淡的阳光照射下来。午后姗姗来迟的夕阳辉耀于雨湿的草丛中,碧影婆娑,光怪陆离。

帕塔纳迪特殿下看到一簇青草下面含着宝石戒指,正在闪耀斑斓的绿光。但是,当王子用濡湿的手指拨开草丛一看,散射在那片土里的微弱的光亮将草根映照得黄灿灿的,哪里会有戒指的影子?

——清显后来听到了这段枉费心力寻找戒指的事情。舍监虽说出于一片真诚,但王子却感到受到无缘无故的屈辱,以此为由,王子们收拾行李离开宿舍,搬到帝国饭店居住。他们对清显表明,无论如何最近要回暹罗。

松枝侯爵听到儿子谈起这件事情深感痛心,如果听任王子就这么回去,一定会在他们心中留下无法弥补的创伤,想起日本终生都会感到不快。侯爵试图缓解学校和王子们的对立情绪,但王子们态度已决,此种调解目前看来不可能奏效。因此,侯爵思忖着,应该等待时机,首先劝说王子们不要回国,然后想办法使他们的心情平静下来。

说着说着,暑假快到了。

侯爵也和清显商量好了,等放暑假后,就邀请王子们住进松枝家的海滨别墅,清显到那里陪伴他们。

三十一

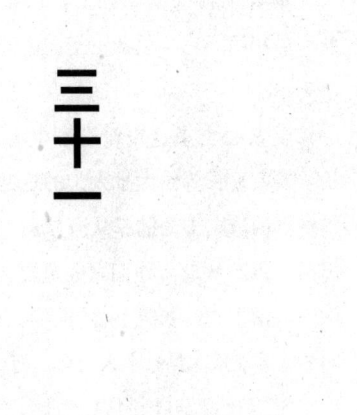

清显征得父亲的同意，约请本多同他一起去。夏天最初的一日，包括王子在内的四个年轻人一块儿坐火车离开了东京。

父亲每当来这座镰仓别墅时，会在车站接受町长、警察署长等一大批人士的欢迎，由镰仓车站到长谷别墅的道路上，铺满从海岸运来的白沙。这回侯爵提前告诉町政府，他们之间虽说也有王子，请一律当作一般学生看待，决不要举行欢迎仪式什么的。所以四个人才能从车站乘上人力车，轻松愉快地抵达别墅。

登完一段绿叶纷披的弯路，石砌的别墅大门出现在眼前，门柱上刻着四个大字"终南别业"，系采自王摩诘的诗题[1]。

---

[1] 王维《终南别业》诗中有"行到水穷处，坐看云起时"句。

这座日式的终南别业，整整占据了一座面积约三万平方米的山谷。祖先建筑的茅草葺顶的房舍，几年前被焚毁，现任侯爵又在原址上盖起了日西结合的具有十二套居室的宅第，阳台以南的整个院落都改建为西洋式庭园。

站在朝南的阳台上，正前方可以远远望见大岛，喷出的火焰犹如远方的篝火照耀着夜空。顺着庭园走上五六分钟就到达由比滨海岸，侯爵夫人在那里洗海水浴，侯爵就站在阳台上用望远镜瞧着取乐。不过，庭园和大海之间夹着一带田野景色，显得很不协调，所以从庭园南边开始种上一片松树挡住那里，可是一旦长大成林，庭院的景色就同海水连成一气，到那时将要失去用望远镜观察海景的机会。

这里，夏天风光明媚，景色壮丽，无与伦比。山谷敞开呈扇形，右面的稻村崎，左面的饭岛，看上去犹如庭园东西两边山尾的余脉，天空、陆地，以及夹持在两道地岬中间的海面，极目远眺，所有景色似乎都包容在松枝别墅的范围之中。可以冒犯这片土地的，仅仅限于随意徜徉的云影，瞬间掠过的鸟影，还有远洋上小船的帆影。

因此，在这个浓云翻滚的夏季，以开阔的扇形山谷作为观众席，以广大的海平面作为舞台，使人有面对乱云飞渡的剧场的感觉。当时，设计师不肯在阳台上铺设拼木地板，侯爵坚决反对，他对设计师申斥道："船的甲板不也是木板的吗？"特地叫他使用质地坚硬的柚木，将阳台铺上蓝、白二色相间的拼花地板。清显日复一日，在这里观察海面上云彩的微妙变化。

那是去年夏天的事。

远洋上凝聚的积云犹如搅动的炼乳，沉滞的日光射进云层幽深的襞褶，那光线反衬出含着阴影的部分似浮雕一般倔强地凸显出来。可是，云谷间光线阴郁而沉淀的部分，看上去似乎永远沉睡着一种特别的时间，远比这里的时间迟缓得多。相反，威猛的云层迎着阳光的部分，却迅疾地一直流逝着悲剧的时间。不论哪一种云层，绝对都是无人之境，沉睡、悲剧，在那里一概属于相同性质的嬉戏。

凝神注视，则岿然不动；转瞬之间，则移步换形。鬣毛般凛凛闪动的云丝，倏忽化为卧女纷乱的头发。看着看着，云层涣散了，丝丝缕缕，寂寂然停在空中。

是什么松解开了？宛如精神的松弛，那般光明灿烂、银白而坚固的形态，转瞬之间就沉溺到最昏愚而柔弱的感情中了。这就是解放！清显看到，撕裂的云彩不久又聚合到一起，奇诡的云影以乱军之势朝着庭园奔袭而来。这时，云翳首先掠过海滩、田地，次第由庭园南端径直笼罩过来，原本仿照修学院离宫修剪过的枫树、杨桐、茶树、扁柏、紫丁香、满天星、木槲、松树、黄杨和罗汉松等林木密布的斜坡，刚才还是阳光普照，枝叶绚丽，俄而黑云压境，连蝉声也变成了凄切的哀吟。

尤为美丽的是晚霞。从这里望去所有云彩仿佛都有预感似的，一旦霞光来临，朵朵飞云都将被染成赤、橙、黄、绿等五彩的颜色。这些云朵在着色之前，因为紧张地等待，显得十分惨白……

"多么漂亮的庭园啊！没想到日本的夏天会这般美好。"

乔培清炯的眸子倏忽一闪。

站立在阳台上的两位王子褐色的肌肤同这里最相合。今日，他们的心里一派晴朗。

清显和本多两个都感到阳光有些强烈，但两位王子却感到温和、适度，两人不知疲倦地晒着太阳。

"先洗洗海水澡，歇息一下，然后再到庭园里走走吧。"

清显说。

"为什么非要歇息不行呢？看，我们四个人不都是很年轻健壮吗？"

库利沙达说。

清显想，对于王子们来说，比起月光公主、宝石戒指、朋友、学校等一切的一切，最重要的也许就是"夏季"吧。看起来，夏天最能弥补王子们巨大的缺失，治愈他们剧烈的悲哀，抚平他们深沉的不幸。

清显一味沉浸于未曾一见的暹罗的酷暑里，只觉自身也沉醉于周围豁然开朗的夏景之中。蝉声聒噪，充满庭园，一种冷静的理智似冷汗一般，从额头上蒸发而去。

四个人从阳台下来，聚集在广阔的草坪中央的日晷旁边。

1716 Passing Shades

这只镌刻着以上文字的古老的日晷,那蔓草花纹的青铜时针犹如一只扬起头颅的鸟儿,正巧固定在西北和东北之间的"12"这个罗马数字上,影子已经接近三点了。

本多用指头抚摸着表盘上"S"周围,想问问王子,暹罗准确的位置应在哪个方向,又生怕徒然唤起他们的乡愁,随即作罢了。于是,他无意之中背对太阳,让自己的身影挡住日晷,三点的影子被抹消了。

"对啦,这样很好。"乔培看到后说,"要是站上一天,时间就会消逝。我回国后,也要在院子里安装日晷,碰上幸福的日子,就叫仆人用自己的身子挡在上边,制止住时光的脚步。"

"弄不好仆人会被太阳烤焦的!"

本多说着,再次让阳光回到日晷盘上,三点的影子复活了。

"不会的,我们国家的仆人整天在太阳底下都没事,阳光比起这里要强烈三倍呢。"

库利沙达说道。

清显忖度着,那副黧黑闪亮的褐色肌肤,体内定是储满阴凉的幽暗吧?为此,他们只是在自己本身的树荫里歇息。

由于清显不小心向王子们泄露了到后山散步的逸趣,弄得本多连汗都来不及擦干,只得跟着大家向后山攀登。以往,对任何事都提不起精神的清显,这回竟然事事跑在头里,令他惊诧不已。

登上山顶即将到达山梁的时候,松林的木荫尽情兜满了海风,从由比滨海岸一带拂拂吹过,登山时的汗水很快消失了。

四个青年恢复到活泼的少年时代,由清显领头,一起穿越大半边长满山白竹和凤尾草的山梁上的羊肠小径。其间,清显停住踏着去年落叶的步履,指着西北方喊道:

"瞧!只有到这里才能望见。"

青年们停下脚，透过树木间隙，眺望临近眼前广阔的溪谷，那一带是千家万户拥塞一处的门前町。他们发现那里高高耸峙着大佛的姿影。

他们从正面只能看到大佛浑圆的脊背和衣饰上模糊的襞褶，佛面仅可窥见侧影，至于胸部，只能少许瞥见顺着浑圆的肩头绵延向下的衣袖的波纹。阳光照耀着青铜圆实的双肩，对面宽阔的胸怀之间承受着平缓的光线，一片澄明。已经西斜的太阳，清晰地凸显着一堆一堆青铜螺纹头发，垂挂于一侧的长长的耳朵，看起来好似热带树上坠下的奇妙的颀长的干果。

王子们看到大佛，立即跪倒在地上，本多和清显被他们的行动吓了一跳。两位王子一点也不吝惜洁白的亚麻布裤子，双膝杵在湿漉漉的陈腐的竹叶堆上，对着远方沐浴在夏阳里的大佛合掌膜拜。

清显和本多不太礼貌地交换了一下眼色。这样的信仰已经远离他们的生活，任凭如何寻觅都无法找回。尽管他们对王子们殊胜的礼拜毫无嘲讽之意，但还是觉得，这两位以往看作一般同学的王子，蓦然飞向了观念和信仰相暌离的别一世界。

三十二

四个人环绕后山转了一圈，跑遍院子里的各个角落，坐在海风拂拂的客厅里休息，打开从横滨运来的用井水拔过的柠檬汁畅饮。于是，疲劳立即消除，个个心情振奋，打算赶在日落之前，到海里游上一游，接着分头准备起来。清显和本多系着学习院式的红色三角裤，穿着露着脊背和两胁缝着锯齿形针脚的棉布游泳衣，戴上草帽，等着动作缓慢的王子们。不久，王子们来了，他们穿着英国制的横纹海水游泳衣，肩头光裸着茶褐色的肌肉。

　　本多虽说是交往已久的老友，但夏天里清显未曾邀他到这座别墅来过。只在一个秋天，本多应约来这里拾过栗子。因此，本多和清显打从童年时代在片濑学习院游泳场共同游过一次海之后，再也未能在一起游过。况且那时候,两人还不像现在这样格外亲密。

四个人径直跑出庭园,穿过院外一带幼小的松林和毗连的田野,来到海滩之上。

下水前,清显和本多老老实实做体操,两位王子看到简直笑翻了。这笑声可以说是对他们一次轻微的报复,因为他俩只是远远眺望大佛而不肯跪拜。在王子们眼里,如此现代化的只为自己着想的这种戒律,在这个世界上显得很可笑。

然而,正是这种狂笑表现了王子们罕见的轻松愉快的心情,清显很久没有看见过两位异邦的朋友如此欢乐的样子了。水中一阵畅游之后,清显早已忘记东道主照顾客人的义务,四个人分作两组,躺在海滩上,离得远远的,王子们用本国语交谈,清显他们用日语交谈。

落日包裹在薄云里,失去了先前酷热的势头,对于清显白嫩的肌肤尤为适合。他那只穿一条三角裤的湿漉漉的身子,痛痛快快仰面躺倒在沙滩上,紧闭着眼睛。

本多盘腿趺坐在他左侧的沙滩上,呆呆望着海水。海面十分平静,但波浪的景色使他感到很着迷。

他视线的高度和海面的高度几乎相同,但奇怪的是,他突然觉得,眼前的大海到了尽头,陆地由此开始了。

本多一只手捧着沙子,倒腾到另一只手里,沙子漏光了,只剩下空空的掌心,他再次抓起一把沙子,但眼睛和心思全然被大海吸引住了。

海就在这里完结了。如此广阔的大海,如此充满活力的大海,就在眼前完结了!不论从时间还是空间来说,没有比伫立于境界线上更加感到神秘的了。置身于大海和陆地如此壮大的分界线上,宛若站在一个重大的历史关头,一瞬之间见证了一个时代向另一个时代的移转,此时的心境难道不是如此吗?本多和清显生活着的现代,也不外乎相当于一次潮涨潮退时的境界罢了。

……大海就在眼前完结了。

遥望远洋的波涛,就会明白,它们是经过多么漫长的努力,最后才不得不在这里宣告完结。于是,全世界所有海洋的一场声势浩大的企图，终于徒劳地结束了。

……然而，尽管如此，这是何等平稳而又亲切的挫折啊！波浪最后一圈微细的余波，立时失去纷乱的感情，同潮湿沙滩平滑的镜面化为一体，变成淡淡的泡沫，此时，身子重新退回了海里。

远洋里涌来的四段或五段的细碎的雪浪，各自同时扮演着不同的角色，或昂扬，或高腾，或崩溃，或融合，或退却……

那种显现出橄榄色柔软腹部的飞扬的水波，是扰乱的，怒号的，渐渐强化的怒号，变成一般的呐喊，而呐喊终将变成窃窃私语。巨大的白色的奔马将变成小小的奔马，不久，横冲直撞的马队的马身消散了，最后，岸渚上只留下不住踢踏的雪蹄儿。

两道粗大的余波由左右张开着扇形，互相侵扰着渐次融入沙滩的镜面，其间，镜中的影像活泼地晃动起来，激荡的浪花奔涌着，映出锐利的纵长的形状，仿佛是闪光的霜柱。

退去的远方的波涛，同一道道奔涌而来的波浪相重叠，没有一道波浪背对着海岸，而是混成一体，一同咬紧牙关指向这里。可是向洋面望去，刚才岸渚上看似强劲的波浪，实际上呈现出稀薄而衰退的气象扩散开去。渐渐地，渐渐地流向远洋，海水变浓了，岸边海水稀薄的成分渐渐地被浓缩，被压挤，以致使水平线变成深绿色，无边的浓缩的青碧就会结成坚硬的晶体。虽然装点着距离和间隔，但唯有这种结晶才是海的本质。这种稀薄、慌乱的波的重复，最后凝结成的蓝色的晶体，那才叫大海呢……

....

想到这里，本多的眼睛和脑子都疲劳了。他转眼看看清显，从刚才起他就以为清显睡着了。

他那白皙而柔美的体躯，只裹着一条红色三角裤，形成鲜明的对比，微微起伏的雪白的腹部和三角裤上缘相接之处，闪耀着干沙和贝壳细末的光亮。清显偶尔抬起左腕枕在头底下，本多发现他的左肋外侧，离开樱花蓓蕾般的乳头不远、平时被上臂遮盖的地方，集中生长着三颗小黑痣。

肉体的征象是奇妙的，虽然长期交往，但第一次发现朋友于不经意之间暴露出的身上的秘密,他不愿直盯着那些黑痣。本多闭上眼睛,眼皮内散放着强烈白光的夕空,鸟影一般鲜明地浮泛着三颗黑痣。不一会儿,那些羽翼临近了,显现出三只飞鸟的形状,向头顶上迫击而来。

本多又睁开眼,看到清显鼓动着秀美的鼻翼一呼一吸,微微张开的嘴唇之间闪现着莹润而洁白的牙齿。本多的眼睛再次移向他胁肋上的黑痣,这回,他看到那些黑痣像沙粒一般深深嵌入清显白嫩的肌体。

如今,就在本多眼前,干燥的沙滩终结了,接近水线的沙地,随处分布着斑驳的白色沙堆,逐渐经水浸而变得黝黑起来;然而,那里却刻印着轻浅的波浪的浮雕,似化石一般密密麻麻镶嵌着小石子、贝壳和枯叶等物。而且,不论多么小的石子,都保留着退潮时的水痕,向着大海呈扇形张开。

不光小石子、贝壳和枯叶,海水冲上来的马尾藻、碎木片、稻秆和橘皮都一律嵌入其中了。既然如此,清显坚实而白嫩的胁部肌肉,嵌入极其微细的黑色的沙粒,也是很可能的。

这是多么令人伤感的事啊，本多思忖着，如何在不把清显弄醒的情况下，想办法帮他除掉。瞧着瞧着，那些微小的沙粒随着胸部的起伏而强健地运动着，不管怎么看，它们都不是无机物，而是清显肉体的一部分，本来那就是黑痣。

他总觉得，那黑痣背叛了清显肌体的优雅。

也许肌体感觉到被强烈地凝视，清显突然睁开眼，目光交汇，看到朋友一时惶惑起来，于是抬起颈项问道：

"能帮助我一下吗？"

"好的。"

"我来镰仓，名义上是陪王子们游玩，实际上是想给人一个我不在东京的印象，造成一种舆论，你懂吗？"

"我大致也猜到你的意图啦。"

"我会时常抛下你和王子们，悄悄回东京去。三天不见她，我就受不住啦。我不在时，你撒个谎瞒过王子们，万一东京家里来电话，你也好歹替我糊弄一下，这就看你小子的本事啦。今晚，我将乘三等末班火车去东京，明天早晨赶头班车回来，拜托啦。"

"好吧！"

本多响亮地接受下来，清显满怀幸福地伸出手和本多握手，接着进一步说道：

"有栖川宫殿下的国葬，令尊也会出席的吧？"

"嗯，看来有可能。"

"他死得正是时候，昨天听说，因为他的辞世，洞院宫家的纳彩仪式也要延期了。"

本多从这位朋友的话里，得知清显的恋爱——关系着国事，再次切切实实感到一种危险。

这时，王子们高高兴兴手拉手奔跑过来，打断了他俩的谈话。库利沙达气喘吁吁，他用稚拙的日语说道：

"刚才我和乔培说些什么，你们知道吗？我们谈了转生的事呢！"

三十三

两位日本青年听到这些话后，不由得你看看我，我看看你。轻浮而急躁的库利沙达根本无暇顾及听话人的表情。这半年来，乔培饱尝异国的种种艰辛，比起库利沙达，他白净的面颊虽说还没有变红，但看得出来，他正泛着犹豫，忖度着这类话题该不该再继续下去。或许要多少留下一点文明的印象吧，他用一口流利的英语说道：

"这个嘛，我刚才同库利谈起小时候听乳母讲《本生经》的故事。在过去世，即使是佛陀，作为菩萨，也接连经过一次次转世，变成金色天鹅、鹌鹑、猴子和鹿王等。那么我们的过去世是什么呢？于是我们很感兴趣地胡乱猜测起来。库利说他前生是鹿，我的前生是猴子，我有点不高兴，就反说我自己是鹿，而库利是猴子,两人为此争论不休。你们对我们两个怎么看呢?"

不管站在谁一边都不太礼貌,清显和本多微笑着不做回答。清显为了转移话题,就说他们二人对《本生经》一窍不通,请王子随便讲讲其中的一个故事听听。

"那好,说说金色天鹅的故事吧。"乔培说,"这故事发生在佛陀还是菩萨的时候,接连有过两次转生。大家知道,所谓菩萨,就是未来开悟成佛前的修行者,佛陀过去世也是菩萨。所谓修行,就是求得无上菩提,普度众生,修诸波罗蜜。菩萨时候的佛陀,一边转生各类生物,一边积善行德。

"很久很久以前,生在某婆罗门家的菩萨,娶同一阶级家族之女为妻,生下三个女儿后辞世,遗属为别家所收养。

"死去的菩萨后来投胎金天鹅而转生,具有回忆前生的智慧。不久,菩萨天鹅长大了,满身生着美丽的金羽毛,冠绝一世。这只天鹅游于湖面,身影犹如月光闪烁;翔于林间,树枝树叶好似金笼子,玲珑剔透。有时，这只天鹅停在树枝上休息，树上就像结出不合节令的黄金果实。

"天鹅知道自己前生是人，留下的妻子和女儿被别家收留，并靠着为人做女红维持生计。于是，天鹅想：

"'我的一根根羽毛，打成金条可以卖钱，今后我要给留在人世的可怜的家人——妻子、女儿，每次送去一根金条。'

"天鹅从窗户里窥见前世的妻子和女儿们过着贫苦的日子，唤起满心爱怜之情。另一方面，妻子和女儿们看见窗棂上站着一只金光闪闪的天鹅，大吃一惊，于是问道：

"'哎呀，这不是一只美丽的金天鹅吗？你是从哪里飞来的？'

"'我是你们的丈夫和父亲，死后脱胎转生为金天鹅，我来探望你们，要使你们快活些，不再过穷苦的日子。'

"天鹅送给他们一根羽毛，飞走了。

"就这样，天鹅每次飞来，都要留下一根羽毛，母女们的生活越来越富足了。

"有一天,母亲对女儿们说:

"'禽兽之心不可测,你们的天鹅父亲指不定什么时候就不飞来了。下次再来,就把它的羽毛一根不剩地全都拔光!'

"'啊呀,好个残忍的妈妈!'

"女儿们悲叹着反对,一天,金天鹅又飞来了,欲壑难填的母亲将它引到身旁,用两手一下子抓住,将它全身的羽毛拔个精光!说也奇怪,拔下的金羽毛一根根都变成鹤毛般白色了!天鹅再也不能飞了,前世的妻子把它装在一只大瓮里,放进食饵,巴望它再长出金羽毛来。谁知新生的羽毛都是白的,长满羽毛的天鹅起飞了,化作银光闪亮的小白点,钻入云层,再也没有飞回来了。

"……这就是乳母讲述的《本生经》上的一个故事。"

本多和清显深感惊奇,这个故事和他们听到过的童话十分相似。然后,又围绕信不信转生这个问题展开讨论。

清显和本多过去谁也没有卷入过这种争论，所以多少感到有些茫然。清显用探询的目光倏忽朝本多瞥了一眼，平素我行我素的清显一旦投入抽象的议论，必然显得有些张皇失措，这样一来，反而等于向本多心中轻轻刺了一针，立即激起他的谈兴。

"假定真有转生这回事，"本多急不可待地说下去，"就像刚才讲的天鹅的故事，有着洞察前生的智慧，这当然很好，否则一度中断的精神，一度失去的思想，到了下一个人生不留任何痕迹；同时，另一种崭新的精神，一种毫无关系的思想从此开始……这样一来，时间上一系列等待转生的每一个体，和分散于同一时代空间的每一个人，都只能具有同一种意义……这样一来，所谓转生不就变得毫无意义了吗？假如把转生看作一种思想，不就是将毫无关联的几种思想统括起来的一种思想吗？因为我等对于前世不具有任何记忆，那么所谓转生就是企图证明没有任何确证的东西，这是一种徒劳的努力。要想证明，就必须平等观察过去世和现在世，富有比较、对照的思想见地。因为人的思想于过去、现在、未来三世之中，必然偏向于某一世，逃脱不出位于历史正中的'自己的思想'之家。佛教所主张的'中道'，与此大致相似，但所谓中道是否就是人们所能持有的有机的思想，这还是个可疑的问题。

"退一步说，假如认为人所怀有的一切思想都属于各种迷幻，那就必须具有第三种见地，以便各个识别一种生命由过去世向现在世转生时在前后两种世界之中的迷幻。唯有这第三种见地，才能证明转生，但对于转生的当事人来说，只是一个永远的谜。这第三种见地恐怕就是开悟的见地，所以转生的思想只限于超脱转生的人所能掌握，然而转生的思想假使被控制，此时，转生本身也就随之不复存在了，不是吗？

"我们活着，却具有丰富的死，葬仪、墓地、供在那里枯萎的花束、对死者的记忆，还有当前的亲友的死，接着对于自己的死的预测。

"假若如此，那么，死者们也许具有多样的丰富的生。从死者的国度眺望我们的城镇、学校、工厂的烟囱，遥望一个接一个的死和一个接一个的生。

"所谓转生，和我们站在生的一边看死正相反，不就是站在死的一边看生的一种表现吗？不就是变个角度加以观察的吗？"

"那么说，思想和精神为何在死后还能传达给人们呢？"乔培静静地反驳道。

本多本来就是个头脑机敏的青年，他用一种轻蔑的口气断定说：

"这和转生问题不一样。"

"有何不同呢？"乔培平静地问，"你总得承认，同一种思想隔一段时间，可以被不同的个体所继承。要是这样的话，相同的个体隔一段时间也可以被不同的思想所继承，这又有什么奇怪呢？"

"猫和人是相同的个体吗？还有刚才故事中的人和天鹅、鹌鹑、鹿。"

"从转生的观点看，这些都称为相同的个体。肉体即使不连续，只要妄念是连续的，就可以看作同一个体。不叫同一个体，或许叫'一条生命的河流'也行。

"我丢了那枚心爱的祖母绿戒指。戒指不是生命之物，不能转生。不过，所谓丧失，也具有一定的意义啊。这件事对我来说,仿佛是出现的一种根据,说不定什么时候,戒指又会像绿色的星星在夜空里闪烁。"

说到这里,王子悲从中来,似乎一下子脱开了谈话的主题。

"也许,那枚戒指是某种生命之物悄悄转生而成,那也说不定啊,乔培。"库利沙达天真地接过话头,"或许它迈动自己的双腿逃到某个地方去了。"

"说起来,那枚戒指如今也许转生为月光公主那般漂亮的女子了。"乔培突然沉浸在自己恋爱的回忆中了。

"别人的来信,都说她身体很好,可是月光公主本人怎么不写信来呢?是人们在安慰我吧。"

本多没有在意听他说些什么,一直思考刚才乔培所提出的奇妙的辩驳。的确有一种思维,不把人作为个体,而是当作一条生命的河流看待。不认为是静止的存在,而作为流动的存在。正像当时王子所言,一种思想为各个"生命的河流"所继承,同一种"生命的河流"为各个思想所继承,这两者是一样的道理。

因为生命和思想同化为一体了。而且，这种生命和思想本为同一体的哲学一旦推广开去，那么，统括无数生命之河的生命大潮的连环，人们称之为"轮回"的东西，也就有了成为一种思想的可能……

本多沉浸于这种思考的时候，清显在搜集暮色渐浓中的沙子，和库利沙达一起全神贯注地建筑一座沙寺，但是暹罗风格的尖塔和鸱尾，用沙子很难堆垒起来。库利沙达巧妙地在沙里掺了几滴水，撮成一座纤细的尖塔，然后小心翼翼地从湿沙堆集的屋顶上反捏出鸱尾，看起来好似女人袖筒中伸出的纤细的手指。没想到，这根刺向凌虚的痉挛而反转的黑沙指头，干涸后变脆，断裂而倾圮了。

本多和乔培也停止了争论，转过眼看着他们玩沙子。这两个半大孩子一直乐滋滋地忙个不停。这座沙子伽蓝该点灯了。好容易精雕细镂的寺门前观和纵长的窗户，已经均匀地弥漫着暮色，连轮廓都变得一团昏黑，细碎的水花似濒死者喑弱的白眼，这个世界难以消亡的余光被搜集起来，以这种聚合而成的白色为背景，寺院渐渐化为朦胧的暗影。

恍惚之间，四人的头顶上星空闪耀，灿烂的银河跨越中天，本多知道的星星名称很少，尽管如此，夹持银河两边的牛郎、织女，以及为双方伐而展开巨大羽翼的天鹅座的北十字星，立即就能辨认出来。

此时，涛声轰鸣，听起来远比白天里浩大，昼日里看起来离得相当远的海和沙滩，如今一同融入混沌之中了。空中明星荧荧，威压般地密匝匝挤在一起……四个青年人被这种景象所包裹，好像被封闭于一种无形的巨琴般的乐器之中。

这的确是一把巨大的鸣琴！他们是误入琴槽中的四粒沙子，那里是无边的黑暗的世界，但槽外却光明灿烂，从龙头到凤尾绷紧着十三根弦，倘若伸过一只纤纤素手，稍加撩拨，那宛如星辰悠悠回转般的音乐，就会震动琴弦，摇撼着琴槽里的四粒沙子。

海的夜，微风鼓荡。青年们呼吸着潮水的香气，以及被冲上岸的海藻的腥味，一种颤巍巍的情绪不时侵扰着他们裸露于凉飔中的素肌，经潮风润泽的肌肤反而由此喷出火一般的热气。

"该回去啦。"

清显突然说道。

这当然意味着催促朋友们回去吃晚饭；可是本多心里有数，清显一直记挂的是末班火车的时刻。

三十四

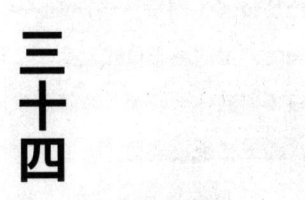

清显不过三天就悄悄去东京一次,回来后,就把那边发生的事情详详细细告诉本多一个人。他说,洞院宫家的纳彩仪式延期了,但这并不意味着聪子的婚事遇到什么麻烦。聪子经常应邀到洞院宫家去,父宫殿下待她很亲切。

清显不满足于这种状况,他开始考虑,下次将聪子招来终南别业过上一夜。这是个危险的计划,他要本多为他想想办法。不过,一旦细想起来,就感到其中障碍重重。

一个酷热难眠的夜晚,清显迷迷糊糊中做了个从未做过的梦,梦中的浅滩上海水温热,远洋里冲过来的漂流物和陆地上的垃圾混杂在一起,堆积在海岸上,刺伤了游人赤裸的双脚。

……不知为何,清显穿着平素难得一见的白布和服以及白布裤子,挎着猎枪,站在野外的道路上。高低起伏的原野不太广阔,远方可以望见房舍毗连的人家。自行车在路上奔驰,那里充满异样的沉闷的光亮。夕阳最后残照般微弱的光线,不知是来自天空,还是来自地面,显得有些游移不定。原野上起伏的杂草从内里弥散着绿光,远处的自行车车身也似乎发出模糊的银灰色的亮光。倏忽瞥一眼自己的脚下,素白的木屐带子,足背上的青筋,奇妙地浮现出来,细密可见。

这时,光线黯淡了,天空一角出现鸟群,大声鸣叫着向头顶袭来。于是,清显向空中扣响了猎枪的扳机。那不仅是无情的一击。他浑身充满无名的怒火和悲伤,他不是对着鸟儿,而是瞄准太空巨大的蓝眼睛打了一枪。

接着,被击中的鸟儿一起坠落下来,天地之间顿时卷起噪叫和血的风暴。这是因为无数的鸟儿一边高声喊叫,一边滴沥着鲜血,云集成为一根粗大的木柱,不断朝一个场所掉落,看起来就像瀑布奔流不息,这种坠落伴随着响声和鲜血，接连不断，所以就像一场龙卷风暴。

这场风暴眼看着凝固了，变成一棵巨树，顶天立地。这是无数鸟的尸体固化而成的巨树，树干呈现异样的红褐色，没有枝叶。然而，巨树一旦静止、定形，鸣叫也断绝了，周围又涨满和先前相同的沉痛的光芒，野外的道路上悠悠驶来一辆无人骑乘的崭新的银灰色自行车。

清显感到自豪，是他一手拂拭了隐天蔽日的凝重的晦暗。

此刻，原野道路的远方，走来一群同自己一样素白装束的人，他们一声不响地走着，距离这边一二百米远光景，就停住了脚步。仔细一看，人人手里都拿着闪光的杨桐叶玉串。

为了给清显洁身，他们当着清显的面挥动玉串，发出一阵银铃般的响声。

在他们之中，清显清晰地看到学仆饭沼的面孔，不由大吃一惊。饭沼张开嘴，对清显这么说：

"您是灾祸之神，肯定是的。"

清显听他一说，打量着自己，不知何时，他的脖子套上了红紫斑驳的勾玉项链，玉石又滑又凉的感触扩散到胸肌上来。而且，自己的前胸犹如厚厚的椭圆形岩石一般。

他朝白衣人指呼的方向回望，那棵由鸟的尸体凝结的巨树，长出了茂密而鲜嫩的绿叶，上下笼罩着一团明丽的绿意。

……于是，清显醒过来了。

鉴于是个不寻常的梦，清显打开久久没有光顾的《梦日记》，尽可能详密地记述下来。他醒来之后，体内依然奔涌着激烈的行动和勇气的热潮，仿佛刚刚从一场战斗中凯旋。

为了在深夜将聪子接到镰仓，拂晓前再送回东京，乘马车不行，火车也不行，人力车更不行，不管怎样，都必须乘汽车。

不过，既不能用清显的自家车，更不能用聪子身边的汽车。而且，必须找一位素不相识、对往事一无所知的司机开车。

在广阔的终南别业内,也不能让聪子同王子们照面,虽然还不清楚两位王子是否听说过聪子的婚事,但如果他们认出了聪子,必然会给将来种下祸根。

为了闯过这道难关,无论如何,都得由本多扮演一个不熟悉的角色。为了朋友,他答应聪子的来回都由他亲自接送。

一位同学的名字浮上他的脑际,他是富商五井家的长子,朋友中只有他自由使用自己的一辆汽车。为此,本多专门跑了趟东京,造访位于麴町的五井家,请他答应将那辆福特连同司机借用一个晚上。

这位常在刚刚及格的分数线上徘徊的懒散青年,看到班上学习成绩首屈一指的秀才求他办事,简直惊呆了。接着,他便不失时机地摆起架子,说什么只要讲明理由还是可以出借的。

虽说平时不合乎本多的性格,不过今天面对这个笨蛋,他还是满心高兴,怯生生地做了一次假告白。因为撒谎,说起话来有点吞吞吐吐,但对方以为这是本多心情焦躁和害羞的缘故,他那满脸信以为真的表情十分有趣。理智是很难使人信服的,但只要有虚伪的热情就行,这种热情可以轻易取得他人的信任。本多用一种苦涩的喜悦眺望着他,这个五井也是清显眼中的本多的形象吧。

"真叫人刮目相看哩,没想到你小子还有这个本事。不过,你还瞒着我呢,能不能说说,那小妞叫什么名字?"

"房子。"

本多顺口把久未见面的堂妹的名字供了出来。

"那么说,松枝借给你一宿的住房,我借给你一个晚上的汽车。那咱说好了,下回考试你可得多多帮忙啊!"

五井略略低头施礼,他的眼神充满友谊的光辉。他和本多的智慧,在种种方面取得了对等的地位。他的平板单调的人生观受到了肯定。

"人本来都是一样的。"五井的音调里充满放心的心情,这正是本多所希望的。同时,他也通过清显获得一个颇为浪漫的名声,这是十九岁的青年人人都会有的愿望。总之,这笔交易对于清显、本多和五井三个人来说,谁也不吃亏。

五井的车是一九一二年制造的最新型的福特，由于发明了自动点火装置，司机再也不像以前那样，特意下车用手摇动，不胜其苦。这辆车属于普通二挡变速的T型，黑漆的外表用细红线勾勒着车门边缘，裹在布幔里的后座席依然保留马车车厢的模样，和司机谈话时，必须用嘴抵住通话管，将声音传到司机耳畔张开的喇叭筒里。车棚上面有备用车轮和载货架，可供长途旅行使用。

司机姓森，原是五井家的马车夫，他跟大老爷的专任司机学习驾驶汽车的技术，到警察署拿执照时，请师傅堂堂地站在警署门前等着，考试时遇到难题，就跑到门口来问，回去继续做答卷。

本多深夜到五井家借来汽车，为了不使人知道聪子的身份，特地将车停在先前那家军人旅馆旁边，等着蓼科和人力车偷偷把聪子送过来。清显希望蓼科不要来，其实她根本不能来，聪子不在家时，蓼科的存在至关重要，她必须处处留意，装出聪子一直躺在屋里的假象。蓼科实在放心不下，她絮絮叨叨地关照了一番，才把聪子托付给本多。

"在司机面前，我一直叫你房子。"

本多凑到聪子耳朵边说。

福特车的轰鸣震动着暗夜岑寂的住宅区，他们出发了。

本多看到聪子对一切都毫不在意，态度十分果敢，深感惊讶。她身上穿着白色的西装，显得更加无所顾忌。

……本多同这位"朋友的女人"一起深夜乘车兜风，尝到一种奇妙的滋味。他只是作为友情的化身，半夜里坐进飘溢着香水味的车厢，一路不住地摇晃，和女人紧挨着身子坐在一块儿。

身边坐着"他人之妇"，而且，一个无情的事实：聪子是女人！本多感到，清显如此信赖自己，这正是来自他们之间一种奇妙的缘分，就是说清显对他一贯严冷的戏弄态度，又空前鲜明地复活了。信赖和戏弄，就像薄皮手套和手背的关系，紧紧黏合在一起。只因清显生得一表人才，本多才处处包容着他。

为了躲避他的侮弄，只有相信自己的高洁。但本多毕竟不是一个盲目守旧的青年，他是凭借理智保持信念。他决不像饭沼那样,总是把自己看得很低贱,要是那样的话,到头来……只能做清显的奴仆。

聪子坐在疾驰的汽车里,凉风吹乱了她的头发,然而,她依然不失矜持,两人之间绝口不提清显的名字,"房子"这个称呼,成了他们故作亲昵的小小标志。

……

回程的路上,完全是另一幅情景。

"哦,忘记对清少爷说啦。"

汽车出发后不久,聪子说。不能再回头了,必须一路直奔东京,要不然就无法赶在天亮很早的夏夜黎明之前回到家中了。"我来转告他吧。"

本多说。

"唔……"

聪子迟疑了片刻,终于下定决心,说道:

"好吧,就请跟他这么说,蓼科前些时候遇见松枝家的山田,知道清少爷撒谎。清少爷假装保存的那封信，其实早就被他当着山田的面撕毁扔掉了……不过，蓼科那里也不必挂心，她只求万事平安，睁一眼闭一眼……就是这件事情，请转告清少爷。"

本多又照原样复述一遍，他一口应承下来，对事情神秘的真相一概不多打听。

本多这种正人君子般的态度或许打动了聪子，她一反寻常，变得能言善辩起来。

"本多先生为着朋友可真是尽心尽力啊！清少爷有本多先生您这位朋友，真可谓是世界上最幸福的人哪。我们女人家哪有一个知心的朋友。"

聪子的眼神虽然依旧保有几分放纵的火焰，但她装束整齐，头发一丝不乱。

看到本多默默不语，聪子不久低下头，悄声地问道：

"本多先生，想必您把我当成一个放荡的女子吧？"

"您怎好这么说呀？"

本多不由激烈地打断了她，聪子的话一语破的，本多虽说不含轻蔑的意味，但心里时常也有这种想法。

本多忠实地履行着彻夜迎送的职责，不论是抵达镰仓后将聪子一手交给清显，还是从清显手里接过聪子把她护送回京，整个过程他都心如止水，毫无所动。这可是他足以骄人的地方啊！

本来就不该胡思乱想，本多凭借自己的行为，不正是参与到严肃的危险之中了吗？

然而，当本多看见清显拉着聪子的手，踏着树荫穿过月色溶溶的庭园，朝着大海奔跑的时候，他确实感到自己的一番帮忙实在是犯下了罪愆，而且，他看到这桩罪愆拖曳着无比美丽的背影忽然飞走了！

"可不是嘛，我是不该这么说，我自己一点也不认为自己放荡。

"不知为什么，清少爷和我明明犯下了可怕的罪过，但丝毫不觉得是罪过，只感到身体受到了净化。刚才看到海岸的松林，就觉得这松林今生今世再也看不到了，耳边听着呼啸的松风，就想到这松涛的音响，今生今世再也听不到了！一瞬间，一刹那，清澄度日，无怨无悔！"

聪子诉说着，每次她都觉得是在和清显进行最后的幽会，尤其是今天晚上，他俩包裹于宁静的自然之中，达到了多么可怕、多么令人销魂的峰顶啊！她焦急不安，如何才能打破禁忌、一股脑儿全都说给本多，让他知道得一清二楚呢？这可是一件难上加难的事啊，就像把死、宝石的光辉以及晚霞的美丽传达给别人一样。

清显和聪子躲开朗月的清辉，徘徊于海滨各地。深夜的海滩没有一个人影，周围一派光明耀眼，高高翘起的渔船将舳舻的黑影投在沙滩上，倒是个可靠的处所。船上沐浴着月光，船板似白骨闪亮，把手伸过去，月光似乎穿手而过。

乘着清凉的海风，两人立即躲在渔船阴影里抱合在一起。聪子很少穿西装，她讨厌那刺眼的白色，她也忘记了自己雪白的肌肤。聪子巴望早些甩掉素白，隐身于黑暗之中。

明知没有一个外人，但海上千千纷乱的月影就是百万只眼睛。聪子望着悬在空中的云彩，望着云端闪烁不定的星光。聪子感觉到，清显用小小坚实的乳头触摸着自己的乳头，互相搅和，最后他把自己的乳头，用力顶在她丰腴的乳房上。其间，较之口唇的接吻更具爱意，宛若小动物相互嬉戏，使人陶醉于飘飘欲仙的甘美之中。肉体的边缘、肉体的末端所产生的意想不到的亲密交合的快感，使得双目紧闭的聪子联想到飘忽于云端的闪烁的星辰。

从那里可以径直走向深海般的喜悦，一心想融入黑暗的聪子，当她意识到这黑暗只是渔船的影子，不由一阵惶恐起来。这不是坚固的建筑物和山峦的阴影，只不过是很快就会进入大海的虚幻的阴影。船在陆地不是现实，这种看似固定的阴影亦似虚幻。聪子如今怀着恐惧，那只相当老朽的大渔船，眼看就要无声地滑下沙滩，逃进大海里了。为了追逐这只船影，永远待在那片阴影之中，自己必须变成大海。于是，聪子于浓重的充溢感之中，变成了大海。

围绕着他们二人的所有一切，那明月高悬的天空，那闪闪发光的海洋，还有那掠过沙滩的潮风，以及远方松林的絮语……这一切将不约而同地一起灭亡。隔着时光的薄片，巨大的"禁止"迫临眼前。那松林的絮语不就是那种声音吗?聪子他们感到自己被决不容许的东西所包围、看守和保护。正如滴落在水盘里的一滴油,全都由水所护持着一样。然而,这水黝黑、宽广、沉默,一滴香油浮泛于一片孤绝之境。

这是怎样的一次拥抱啊,"禁止"的拥抱!他们弄不明白,这禁止对于他们来说,是夜的本身,还是即将到来的黎明的曙光?只是感到正在向他们逼近,尚未开始侵扰他们。

……他们俩抬起身子,从黑暗中伸出脖颈,凝视着渐渐沉落的月亮。在聪子看来,那轮圆月正是明显被钉在太空的他们罪愆的徽章。

到处不见一个人影。两人为了取出藏在船底下的衣服,一同站起身来。月光照耀着他们白皙的腹部,下方仿佛依然保留着渔船阴影的残余,两人互相对望一下那黑森森的部位,时间虽然短暂,但却是全神贯注的一瞥。

各人穿好了衣裳,清显坐在船舷上,晃动着两条腿说:

"我们要是被公开承认的一对,那就根本不会这般胆大妄为。"

"好狠心啊，清少爷的心就这么无情吗？"

聪子露出一副娇嗔的风情。他们轻松地逗着趣，同时又仿佛嚼着沙粒，心中含着难言的苦涩。因为，绝望就守在他们身旁。聪子依旧蹲踞在渔船的暗影里，清显从船舷上垂下的双足在月光里泛着灰白，聪子捧起清显的脚，将嘴唇贴在趾尖儿上。

……

"本不该对您讲述这些事，不过，除了本多先生，还有谁愿意听呢？我明白，我自己所干的一切很可怕。但请不要管我，因为我知道，事情总会有个归结的……在未到那个时候之前，能多挨一天就多挨一天，没有别的路可走。"

"您真的拿定主意啦？"

本多不由叮问了一句，声音里含着哀切的调子。

"嗯，拿定主意啦。"

"我想，松枝君也一样。"

"所以，就更不应该给您添麻烦啦。"

本多产生了一种奇怪的冲动，很想了解一下这位女子的底细。这是微妙的复仇，她如果打算把本多当成"知心朋友"，那么本多他也应该有权利了解聪子，这种了解既不是同情，也不是共鸣。

然而，这位堕入爱河的窈窕淑女，她虽说就坐在自己身旁，但心儿早已飞向远方，要了解她，应该采取什么样的手法呢？……本多历来具有的逻辑诠索的老毛病，又在心中抬头了。

车子不住摇晃着，聪子的膝盖几次紧靠过来，但她机敏地庇护着身子，使得两人的膝头决不相撞。她那灵活的动作宛若松鼠旋转小小滑轮，看起来眼花缭乱。她的表现使得本多快快不乐，他想，聪子决不会在清显面前玩起这种小动作来的。

"刚才您说已经拿定了主意，"本多也不朝她瞧一眼，"那么，这和刚才说的'总会有个归结'的心情，怎么联系起来呢？一旦有了归结之后再拿主意，不就晚了吗？再说，有了主意也就自然有了归结，不是吗？我知道，我的这个问题提得很尖锐。"

"您问得很好。"

聪子平静地应道。本多不由凝视着她的侧影，美丽、端庄的面庞不见一丝慌乱。这时，聪子双目紧闭，车篷上昏暗的灯光柔和地照射着那修长的睫毛，印下深深的阴影。黎明前茂密的树木，像一团团缠绕的黑云打车窗外掠过。

森司机规规矩矩背向这边，一心扑在驾驶上。驾驶席和客席之间有一道厚厚的玻璃拉窗，只要不把嘴对准通话管，两人的谈话就不必担心会被司机听到。

"您是说可以主动使这件事情了结，对吧？您作为清少爷的朋友，这么说我很理解。我活着的时候不能了结这件事，我死后……"

聪子这样说，指望本多会连忙阻拦的，可是他一个劲儿沉默不语，等着聪子继续说下去。

"……那一天总会到来的，而且不会太久。到那时候，我可以向您保证，我不会有什么留恋。我已经尝到了活着的幸福，也就不会永远贪婪下去。任何美梦都会有结束的时候，没有什么永恒的东西。如果把这看作自己的特权，那不就是个愚蠢的人吗？我不同于那些'新女性'……不过，要是有永恒的话，那就是现在……本多先生总有一天会明白的。"

本多似乎知道了清显过去为何那样害怕聪子的缘由。

"刚才您说不能再给我添麻烦了,这话是什么意思呢?"

"因为您一贯走的是光明正大之路,不能老是让您牵扯到其中去,这本来都怪清少爷不好。"

"我不希望您把我当成个正人君子。不错,我的家庭是门风最为纯正的家庭,可是今天晚上我就是个同谋犯。"

"您不能这么说。"聪子语气强烈,嗔怪地打断他的话,"罪犯只是清少爷和我两个。"

听起来,聪子是在极力为本多辩护,但是却冷漠而又矜持地将别人排除在外,只把罪过看成是只有她和清显两人居住的小小水晶宫的事,这座离宫实在太小,可以捧在手心里,不管谁进去都容不下来。靠着他们自己的缩身术,方可暂时住在里边,而且,他们待在里面的姿态,从外面看过去,细微,明晰,历历可见。

聪子猛地低下头去，本多正要去扶她，不想伸出的手触及到了她的头发。

"对不起，尽管再三注意，鞋子里还是留下了沙子，因为不归蓼科收拾，鞋子脱在家里，要是被别的女佣发现有沙子，传扬开去可就不得了啦。"

女人拾掇自己的鞋子，本多不知如何是好，只得把头转向窗外，尽量不向她那边瞧。

车子已经进入东京市区，天空呈现紫红色，拂晓的云彩横曳于街道建筑物的上空。本多本来巴望着尽早抵达东京，但这时又觉得人生难得一遇的夜晚过去了，实在有点割舍不得。也许是耳朵的缘故吧，背后传来簌簌的微音，那是聪子正在从鞋里向地上抖落沙子，听起来仿佛是这个世界上最清越的沙钟的声响。

三十五

暹罗的王子们似乎对终南别业的生活各方面都很满意。

一天傍晚，四个人在草地上摆了四把椅子，趁晚饭之前，坐在晚风里纳凉。两位王子用本国语言谈话，清显只顾埋头沉思，本多将书本摊在膝盖上。

"来根曲曲吧。"库利沙达用日语说。

他走过来给大家散发"威斯敏斯特"牌金嘴香烟。王子们在学习院很快学会了这个隐语，将香烟称为"曲曲"。学校里本来是禁止吸烟的，只有高等科的学生勉强可以，学校对这部分人也是睁一眼闭一眼。校园内有一座地下锅炉房，就是烟鬼子的巢穴，称作"曲曲窟"。如今，即便在这种晴天丽日之下，毫无顾忌地吞云吐雾，也还能品尝到"曲曲窟"里那种秘密的甘甜的滋味。英国香烟混合着锅炉房内煤岩的气味，于薄暗中警惕地转动着白眼珠，一口连着一口狂抽猛吸，火头始终鲜红……这些因素都凑在一起，才能更增加一番特别的情味。

清显背向着大家，眼睛追逐着飘散于夕空的烟雾，海面上云彩的形状松散了，模糊了，染上了一层玫瑰黄。他感到那里面也有聪子的身影。聪子的影像和体香融入所有的一切，无论自然产生多么微妙的变动，都并非和聪子无缘。忽然刹风了，夏日傍晚闷热的大气一旦触及着肌肤，此刻就会感到是裸体的聪子在那里迷茫地直接触摸着清显的肌肤。稍稍黯淡下去的合欢树绿毛重叠的清荫，也飘荡着聪子片断的倩影。

本多有个习惯，身边要一直放着一本书，否则心里就觉得不踏实。一个学仆暗暗借给他一本禁书——北辉次郎[1]写的《国体论及纯正社会主义》，

---

1 北一辉（1883—1937），又名辉次郎，日本国家主义者。在所著《日本改造法案大纲》中鼓吹国家改造，因与"二二六事件"有牵连而被处死。

年仅二十三岁的作者,使他觉得此人堪称日本的奥托·魏宁格[1]。他那率真而有趣的直白,唤起本多稳健的理性的警惕。他并不憎恶过激的政治思想,他自己本不会发怒,而这本书使他看到了别人的发怒,就像看到一种传染性很强的疾病。要使他津津有味地阅读别人的发怒,良心上不是一件愉快的事。

还有,同王子们讨论转生,为了充实自己在这方面的一些知识,那天早晨趁着送聪子回东京,他路过家中,从父亲的书架上抽出斋藤唯信写的《佛教学概论》,开头关于"业感缘起论"的论述十分有趣,这使他想起去年初冬埋头研究《摩奴法典》的情景,当时怕影响复习考试,没有继续阅读下去。

他把几本书摊在藤椅的扶手上,只是漫不经心地翻卷着,最后,他连膝盖上的那本也不想读了,抬起头来,眯缝着近视的双眼,眺望着西边庭园周围的山崖。

天顶上依然明亮,但山崖已经罩上阴影,黑沉

---

[1] 奥托·魏宁格(Otto Weininger, 1880—1903),奥地利哲学家,二十三岁自杀。著有《性与性格》一书。

沉地矗立着。但是，西边天上的白光，穿透山脚下那片繁密的树林空隙映射过来，那明净如云母纸般的天空使人想起色彩斑斓的热闹的夏季犹如一幅画卷即将展现殆尽，只剩下最后的余白了。

……青年们愉快而有几分病态地抽着香烟。暮色昏暗的草地一角，盘旋成柱子形状的蚊蚋。游泳之后黄金般的倦怠。浑身晒得黑红的皮肤……

本多虽然一言未发，但他觉得今天确实是他们充满青春活力的幸福的一日。

对于王子们来说，也应该是如此。

王子们看到清显忙于恋爱，只当没有在意，另外，清显、本多对于王子们在海滨同渔家姑娘一起嬉戏调情，也装作视而不见，最后，清显送给姑娘们的父亲一点赏金也就算完事了。王子们每天早晨站在山上朝拜大佛，在神佛的保护下，夏天悠悠然优美地老去。

房前的高台上，仆人手捧一只光亮的银盘，里面摆着一封信（这个仆人不是本馆的，他平时很少使用这种银盘，感到很珍惜，一有空闲就不惜费很多时间打磨银盘），他向这边草地走来，最先注意到的是库利沙达。

他飞跑过去接过信，一看是王太后陛下写给乔培的信，颇显滑稽而恭敬地捧着，送给坐在椅子上的乔培。

这番情景，清显和本多自然也看到了，但是他们按捺住一副好奇心，静等着王子将满心的喜悦和怀乡的深情向他们传达。他们听到王子拆开厚厚的白色信笺的声音，浮现于暮色里的银白羽毛般的信笺光耀夺目。突然，乔培一声大叫，随即倒在地上，清显和本多连忙跑了过去。乔培昏厥过去了。

库利沙达看到两位日本朋友抱起堂兄，茫然地站在那儿，待他拾起掉在草地上的信笺读着时，便恸哭失声，一下子趴到草地上。库利沙达为何哭叫，他滔滔不绝诉说的暹罗语到底是什么意思，实在叫人摸不着头脑。本多发现那信是用暹罗语写的，不知写的什么内容，他只看到信笺上端印着烫金的王家徽章，以三头白象为中心，两边分别有佛塔、怪兽、玫瑰、宝剑和王笏等，并配以复杂的图案。

人们七手八脚地将乔培安置在床上，搬运他的时候，乔培已经茫然地醒过来，库利沙达依然哭泣着，跟在后头。

清显和本多虽然不知道事情的原委，但信中无疑是传来了一件噩耗。乔培枕在枕头上，褐色的双颊渐渐融入苍茫的夕暮，一双珍珠般的眼珠朦胧地望着天花板，一声不吭。

不久，库利沙达终于平静下来，他首先用英语说道：

"月光公主死了。就是乔培的恋人，我的妹妹月光公主啊……其实，如果先把这事告诉我，由我瞅机会转告给乔培，或许他不会受这么大的打击吧。不过，看来王太后陛下是怕我过于悲伤，才直接告诉乔培的。陛下这一点想错了。说不定陛下出于深谋远虑，故意将这件毫无虚假的消息直接告诉乔培，想增加他面对悲伤事件的勇气呢。"

这番经过深思熟虑的话语，不太像是平素库利沙达说的。清显和本多被王子们热带骤雨般剧烈的悲叹感动了。他们想象着，一场伴随电闪雷鸣的骤雨过后,艳丽而悲惋的丛林将会立即欣欣向荣起来。

当天的晚餐送到王子们房间,但两位王子连筷子都没有动一下。随着时间的推移,库利沙达想到作为客人还应该恪守义务和礼仪,于是他把清显和本多请来,将那封长信的内容用英语讲给他们听。

原来,月光公主自今年春天起就染病了,她的病使她无法亲自动笔,同时她又叮嘱别人,千万不要把自己生病的事告诉哥哥和堂兄。

月光公主娇嫩的素手渐渐麻痹,不能动弹了,犹如窗内射进的一条清泠的月光。

英国主治医生全力治疗,然而还是未能奏效,麻痹遍及全身,最后连话也说不清楚了。尽管如此,月光公主也许为了在乔培的心目中保持他们分别时自己健美的形象,依然用不很灵活的话语,反复叮咛千万不可告诉他自己生病的事,人们听了都流下眼泪。

王太后陛下时时亲临病床旁边探视,每次来看到公主总要哭上一场。陛下听到公主的死讯之后,立即制止住众人,说道:"我直接告诉帕塔纳迪特。"

信的开头写道:

　　告诉你一件悲哀的消息,你要以坚强的意志将这封信读下去。

　　你可爱的宝贝茜特拉帕公主去世了!当她躺在病床上的时候,是多么思念你啊!后面我会详细告诉你。这里,我作为母亲,首先要说的是,我衷心期望你能将一切都认定是佛祖的圣意,保持一位王子的尊贵,勇敢地接受这个不幸的事实。你身处异邦,听到这个噩耗会是怎样一番心情,作为母亲我全能察知,遗憾的是,我不在你身边,不能给你以安慰。作为哥哥,还请你怀着无比的关爱之情,婉转地把妹妹的死讯转告给库利沙达。我之所以如此突然亲笔给你写这封信,是因为相信你不会在悲痛面前低头的刚毅精神。公主她一心想着你,直到生命最后的一息。就请你将此当成最好的慰藉吧。生前不能见她一面,想必你深感遗憾,但你必须理解她的一番心意,她是想永远在你心中保留一副健美的面影啊……

——信翻译完了,乔培一直听着,他终于从床上坐起身来,对清显说:"我如此悲痛欲绝,辜负了母亲的训诫,感到很后悔,不过,也请你为我想想吧。

"我刚才要解开的谜,不是月光公主死去的谜,我想要知道的是,她从生病到去世这段时期,不,是月光公主不在这个世界上的二十天里,虽然我时时感到袭来的不安,但我为何不知道一点真实的情况,居然还能平安无事地住在这个世界之上。

"我清晰地看到闪闪发光的海水和沙滩,但我的眼睛为何没有洞察这个世界所发生的微妙的质变呢?世界就像一坛葡萄酒在悄悄变质,而我的眼睛只是透过玻璃看到紫红的液体,我为何没有检验一下那酒味暗中微妙的变化呢?哪怕每天一次也好啊。我没有时时观察和谛听诸如早晨的清风、树林的颤动,还有鸟儿的飞翔和啼鸣,我只是把这些当成整个伟大生命的喜悦接受下来,而没有注意到世界一切美好的积淀,天天都在不住发生着彻底的质变！假如某一个早晨，我的舌头尝出了这个世界的味道发生微妙的变异……啊，假如有这么一天，我一定立即就会嗅出这个世界已经变成'没有月光公主'的世界了！"

乔培说到这里，又哽咽着流下泪来，再也说不下去了。

清显和本多将乔培交给库利沙达，回自己房间了，但两人谁也不能安眠。

"王子们说不定想早一天回国，看来不管谁说什么，他们再也无心继续留学了。"

两人一旦单独在一起，本多说道。

"我也这么想。"

清显沉痛地回答。很明显，他也受到王子们悲痛心情的感染，沉浸在一种莫名的不祥的思绪之中。

"王子们要是离开，就只剩我们两个人，会觉得挺不习惯。说不定爹妈都会来这里一起度夏，好在我们幸福的夏天终于过去了。"

清显自言自语。

本多十分清楚，恋爱中的男人心里很难容纳爱情以外的东西,就连对别人的悲痛也会丧失同情,不过,他不得不承认,清显一颗玻璃般既冷且硬的心,本来是最纯粹、最热情的理想的容器。

一星期之后,王子们乘英国轮船踏上回国之途,清显和本多到横滨送行。因为正值暑假,没有别的同学赶来告别,只有对暹罗有着很深缘分的洞院宫,委派家里的执事来了,清显同这位执事不冷不热地交谈了几句。

庞大的客货轮船离开栈桥,彩带立即断裂,随风飘走了。两位王子出现于船尾,站在英国国旗旁边,一直挥动着白色的手帕。

轮船驶向远洋,送客的人都走光了,清显依旧站在夕阳辉耀的栈桥一侧,直到本多前来催促回去。清显送走的不是暹罗王子,如今他感到自己最佳的青春时代,已经逐渐消失在远方的大洋里了。

三十六

秋天来了，学校一旦开学，清显和聪子的幽会就越来越受到限制，黄昏时避开人的耳目一同散步，也得有蓼科前后跟着照应。

就连点燃煤气街灯的人也会引起他们的警惕，那些人穿着煤气公司的高领制服，举着长长的点火杆，沿着鸟居坂一角剩下的几盏煤气灯，朝戴着灯罩的火口上点火。他们常常在每晚这种匆忙的仪式结束之后、四周不见一个人影的时候，来到这条曲折的后街上散步。虫声已经繁密起来，家家灯火渐渐消隐。没有大门的人家男人归来的足音也已断绝，传来响亮的上门闩的声音。

"再过一两个月就要结束了，洞院宫家不会一直拖延纳彩期限的。"聪子神态安然地说，仿佛这些都和自己无关,"每天每天,我都在想,明天或许该结束了,再也无法回到过去了。但奇怪的是,尽管干下了无法挽回的事情,却依然睡得很香。"

"即使纳彩仪式过后,也还能……"

"说什么呀,清少爷。罪孽如果太深重,善良的心也会被压碎的。我们还是趁早合计一下,看还能再见上几次面。"

"你是横下一条心打算忘掉一切,是吗?"

"是的,但我不知究竟用什么方式。我们所走的道路,不是道路,而是一座栈桥,随时都会结束,大海随时都会开始,这是没法避免的。"

细想想,这是两人最初谈论起终结的事。

关于终结,两人像小孩子一般毫无责任心,他们一筹莫展,毫无准备,也没有任何解决的办法和对策,仿佛这样才能保证自己的纯粹。然而尽管这样,一旦说出口来,终结的观念就会立即在他俩心中锈蚀到一起,不可分离。

清显已经弄不清楚,究竟是开始前没有想到终结,还是正因为想到终结才开始的呢?如果万钧雷霆将两人立即烧焦倒也罢了，长此以往没有任何劫难与惩罚，又该如何是好呢？清显感到不安起来。"到了那时候，自己还能像现在这样，狂热地爱着聪子吗？"

这种不安，对于清显来说也是第一次体会到。这不安使他握紧了聪子的手。聪子为了回应他，伸过手来勾住他的手指，但他嫌麻烦，不愿将分散的手指互相绞合在一起，而是立即用力握住她的手掌。清显几乎将聪子的纤手捏碎了，聪子决不喊疼，而清显也决不肯放松凶暴的力量。借着远方楼上的灯光，清显看到聪子的眼里噙满泪水，心中涌起一种黯然的满足。

他已体验到自己早先所学得的优雅，隐含着血污的实质。最容易的解决办法是两人一块儿殉情，但这更令人感到痛苦，即便这种幽会一分一秒地逝去，清显都觉得是冒犯禁忌，这种冒犯越走越远，犹如倾听金铃的鸣响，可闻而不可即。他感到越是犯罪，越是距离罪愆遥远……到最后，一切都以大规模的欺瞒而告终。想到这里，他猝然战栗起来。

"我们这样一起走着，也不见您有什么幸福之感，而我现在每一刹那都在品尝幸福……您是否已经感到厌倦？"

聪子像往常一样，带着清亮的嗓音，平静地埋怨道。

"因为太喜欢你了，所以早已跨越幸福的门槛。"

清显郑重其事地说。他深知，即便说出这样的遁词，自己也丝毫不必担心留下孩子般的天真。

前方就要到达六本木商业街了，冷食店已经关上百叶窗，店头飘扬着印有"冰"字的彩旗，于虫声四塞的街头，显得有些凄凉无助。再朝前走，宽阔的灯影洒满黑暗的道路，联队御用的名叫"田边"的乐器店，似乎有紧急的活计，正在打夜班呢。

两人躲开灯光走着，玻璃窗内炫目的黄铜的闪光映入眼帘，那里悬挂着一排崭新的军号，在极端明亮的灯火下，辉耀着盛夏演习场上的光亮。也许是在检验音色吧，那里蓦地传来军号的鸣声，沉郁得要炸裂了，清显从这种声音里预感到一种不祥。

"该回去了，再往前走人眼更杂了。"

不知何时紧跟在后面的蓼科小声嘀咕道。

三十七

洞院宫家里对聪子的生活不加任何干涉，再说，治典王殿下忙于军务，周围的人也没有给殿下创造会见聪子的机会，殿下也无意主动提出会见的愿望。但这绝非因为宫家待人冷淡，而是这般家庭男女婚嫁的一种惯例，双方既然已经结为姻亲，频繁的会见反而有害无益，这是周围人的共同看法。

另一方面，即将成为王妃的亲家，如果在门第上多少有些欠缺的话，为了成为一名合格的王妃，还需在各方面重新积累教养；不过，从绫仓伯爵家的教育传统上看，这方面并没有什么困难，他们具有充分的条件，可以随时将自家女儿推举到王妃的位置。优雅的家风熏陶了聪子，作为王妃，她学艺娴熟，可以随时作一首和歌，写一篇好字，插一盏艳花，即使在十二岁那年中选入宫，在这一点上也丝毫用不着担心。

只是，伯爵夫妇觉得，以往对聪子的教育中还有三点不足，需要尽快为女儿补上这一课：妃殿下喜欢长歌和麻将；治典王殿下自己爱好搜集西洋音乐唱片。松枝侯爵听伯爵这么一说，立即请来一名一流的长歌师傅充任教习，还派人送来电话式留声机以及所有能够买到手的西洋音乐唱片。至于麻将一事，为了物色教师颇费一番周折。本来，侯爵自己专意于英国风格的台球，然而宫家却热衷于这种卑俗的游戏，实乃匪夷所思。

于是，便把精于麻将技艺的柳桥花街的老板娘和一名老妓，常常派到绫仓家里来，蓼科也算在一起，围成一桌，开始教聪子打麻将。费用自然由侯爵家出，其中也包括老妓外出的一切开支。

这种夹杂着牌艺高手的四个女人凑在一起，按理说会给平素颇为冷清的绫仓家带来异常热闹而活跃的气氛，但是却引起了蓼科满心的厌恶。表面的理由是有损门风，实际上她是害怕聪子的秘密逃不脱这两个老行家锐利的眼睛。

即便不是如此，对于伯爵家来说，等于是招来松枝侯爵的两名密探。蓼科这种排外的趾高气扬的态度，立即损伤了老板娘和老妓的矜持，引起她们的反感，不撑三天，这事就传到侯爵的耳眼儿里了。侯爵抽空子找到伯爵，极为委婉地对他说：

"府上那位老婆婆珍视绫仓家族的声誉，这是好事，不过这都是为了投合宫家的兴趣而采取的措施，希望府上多多少少包涵些才是。柳桥的两位女子，她们至少感到很光荣，才忙里偷闲到府上供事的。"

伯爵把这番话对蓼科说了，蓼科的处境从而变得困难起来。

本来，老板娘和老妓同聪子也不是初次见面。那次赏樱的游园会上，老板娘在后台担任导演，老妓扮演俳谐师。第一回打麻将时，老板娘向伯爵夫妇祝贺小姐觅得佳偶，并献上一份厚礼。她的祝词至为殊胜：

"多么俊俏的一位姑娘啊，真是天生做王妃的坯子哩！这回缔结良缘，姑爷指不定该多欢喜呢。我们能陪陪小姐，真是一辈子都不会忘记的荣耀。这可是关起门来说自家话，我们也会把这桩事告诉儿孙们，一代代传扬下去。"

可是在另外的房间，一旦围在麻将桌旁，她们就立即撂下脸面，那双恭恭敬敬望着聪子的温润眼眸消泯了，变成了一条品头论足的干枯的河床。她们的视线有时也停在蓼科落后于时代的和服银丝腰带扣上，惹得蓼科甚是反感。

"松枝府上的少爷不知怎么样了，我从未见过那般一表人才的男子汉。"

老妓手里摆弄着麻将牌，若无其事地说着，老板娘听了，十分乖巧地暗暗扭转了话题。这些都被蓼科看在眼里，心中犯起了疑惑。不过，也许老板娘觉得老妓的话有些唐突，她只是帮衬着略做纠正罢了……

聪子听从蓼科的主意，在两个女人面前尽量少开口。她们对于女人身子的明暗变化，一眼就能看穿，聪子当着两位女人的面，时刻注意不敞开心扉。不过，她又产生另外的担心，让她们看到自己过分郁悒，又生怕遭她们怀疑，误以为对这门婚事不满意，从此传扬开去。要掩护身体，就会暴露内心；要掩护内心，就会暴露身体。因此，聪子处在两难的境地。

其结果，蓼科自有蓼科的打算，她凭借才智说服伯爵，成功地阻止了麻将桌边的聚会。

"一味听任两个女子的流言蜚语，不像是松枝侯爵老爷的一贯作为。那帮女子看到小姐玩得不起劲，就怪罪到我头上——其实，小姐若有什么不称心的事，全都是她们造成的，她们定是告我的状了，说我权高压人。老实说，侯爵老爷的一番好意，到头来却使得府上有花街女子出出进进，这名声总是不好听。再说，小姐也已初步学会了麻将的打法，将来过门之后陪着新姑爷玩玩，经常输上几把，反而显得更加可爱。因此，我请求停止麻将聚会。要是侯爵老爷不肯辞退她们两个人，那么就请老爷把我蓼科辞退。"

伯爵自然不得不接受这桩含有几分胁迫的提议。

自从蓼科从松枝家的执事山田嘴里听到清显就信件一事撒了谎，她就站在了一个岔路口上：要么从今以后视清显为敌人，要么全都包容下来，一切遵从清显和聪子的愿望而行动。最终，蓼科选择了后者。

可以说，这完全出自对聪子真情的爱护，同时，蓼科害怕，事到如今，万一棒打鸳鸯两处飞，弄得不好聪子也许会自杀的。与其那样，倒不如保守秘密，任他们二人自由自在，到时候，他们自然会主动刹车的，不如继续等待下去方为上策。再说，这样做，自己只需竭尽全力守住秘密就行了。

蓼科怀着一种自负，自以为通晓男女感情的规律，她的哲学是，没有暴露的东西就等于不存在。就是说，蓼科既没有背叛主人伯爵，也没有背叛洞院宫，她谁也没有背叛。就像化学实验一样，一桩情恋事件，一手给予援助，保证其存在，一手为之守住秘密，消除痕迹，否定它的存在，这样就可以了。当然，蓼科所走的是一座危险的独木桥，她坚信自己就是时刻准备为他人最后修补破绽，才降临到这个世界上的。只要不惜一切多施恩惠，到头来，对方自然会按照自己的主意行事的。

蓼科一方面尽量使这对男女青年频繁地幽会，

一方面又等待着他们热情的衰退,她没想到,这样做本身,也会使自己变得一往情深。而且,对于清显那种永无止境的情欲,唯一的报复办法就是,不久他会主动找上门来,恳求她说:"我已经打算同聪子分手了,希望你妥善给以劝导。"她想让清显亲眼看到他自身热情的崩溃。不过,蓼科本人对这一幻想也将信将疑,要是那样,首先聪子不是太可怜了吗?

这位沉着老练的老妪信奉明哲保身的哲学,在她看来,这个世界没有什么安全之类的东西。那么,究竟是什么使她甘心舍弃个人安危,运用哲学本身作为冒险的口实呢?其实,蓼科已经不知不觉成为一种难以言状的快乐的俘虏。一对年轻貌美的男女在自己的引导下,欢然幽会,眼瞅着他们的无望之恋如烈火般熊熊燃烧,蓼科也不由自主陶醉在死去活来的欢乐之中,哪怕冒着天大的危险也置之不顾了。

她感到,在这种欢乐之中,美丽的、青春的肉体两相融合,这本身似乎是符合某种神圣而不同寻常的正义感的。

两情相悦时明亮的眼神,互相接近时跳动的胸脯，所有这些好似一只火炉，重新温暖了蓼科早已变得冰冷的心。为了自己，她不能让这粒火种猝然熄灭。相会前忧郁而憔悴的面庞，一旦认出对方来，犹如六月的麦穗，立时摇曳生辉了……转瞬之间出现了奇迹，跛子迈开了两腿，盲人睁开了双眼。

实际上，蓼科的作用是保护聪子不受邪恶的侵犯，然而，燃烧的烈火不是邪恶，可以写入诗歌的东西不是邪恶，如此的训诫不正是含蕴于绫仓家传承的悠远的优雅之中吗？

尽管如此，蓼科依然在等待着什么。抑或可以说，她正等待机会，她要把放养的小鸟捉回来，重新关进笼子里。这种期待中含有不吉而沾满血污的东西。蓼科每天早晨浓妆艳抹，按照京都风格精心打扮一番，眼下的疙皱用白粉掩盖，嘴角的细纹搽上隐约的京都胭脂。尽管经过修饰，她还是躲开镜中的容颜，询问般地将黯淡的视线投向空中。秋天渺远的光亮，在她眼里映射着清澄的光点，而且，未来从内部露出一张似乎有所渴求的面颜……蓼科为了重新检点一下自己的盛妆，拿出平时不大使用的老花镜，将纤细的金丝镜腿架在耳朵上。于是，一双衰老的白皙的耳轮，立即被镜腿刺得火辣辣的直发疼……

进入十月后，下来了指示，告知纳彩仪式定于十二月举行。其中还附了一份礼单：

一、西服料子五匹
二、日本酒两桶
三、鲜鲷鱼一箱

后两项不成问题，至于西服料子，承蒙松枝侯爵给五井物产公司驻伦敦分公司经理打了一封长长的电报，托他迅速采购英国最高级呢料寄来。

一天早晨，蓼科想叫醒聪子。只见她睁着两眼，面色苍白，立即折身而起，推开蓼科的手臂，跑到走廊上，快要走进厕所的时候呕吐了。吐出的东西不多，只是弄湿了睡衣的袖子。

蓼科陪伴聪子回到卧室，查看一下紧闭的隔扇外面有没有动静。

绫仓家后院养着十多只鸡，长年累月，雄鸡报晓的声音冲破渐次泛白的格子门，描绘出绫仓家的早晨。太阳升高了，雄鸡依然高叫不止，聪子被鸡鸣包围了，再次将苍白的脸孔靠在枕头上，闭上了眼睛。

蓼科凑在她的耳畔说道：

"听我说，小姐，这事千万不能告诉别人！衣服脏了也一概由我悄悄洗涮、收拾，决不可交给用人去做。吃的东西，今后也由我细心调理，做些您所喜欢的饭菜，决不可让用人们知道内情。出于对小姐的爱护，我还要叮嘱您，最要紧的是，今后可要照着我的意思办啊！"

聪子不置可否地点点头，她那美丽的脸蛋流下一行泪水。

蓼科的心里充满喜悦，首先，最初的征兆出现时，除蓼科以外谁也没有看到；其次，这正是蓼科一直期待的事态，所以事情刚一发生，她自然就能接受下来。从此，聪子就掌握在蓼科手心里了！

细思之，对于蓼科来说，比起单纯的情感世界，还是在这样的世界更得意。蓼科堪称是一位精明可靠的血污方面的专家，聪子初潮时也是她最先发现并给以指导的。对这个世界发生的一切一概漠然置之的伯爵夫人，在聪子初潮到来两年之后，才从蓼科嘴里知道了这件事。

蓼科一直注意聪子身体的变化，一点也不敢大意。例如自从早晨犯恶心之后，聪子敷粉后的肌肤色感，预料未来的烦恼因不快而紧蹙的双眉，饮食嗜好的变化，日常起居当中所流露的紫堇般的忧愁……对于这些迹象，她都一一抓住不放，一旦得到确证，毫不迟疑，立即采取果断措施。

"整天闷在屋子里，身子要生病的，我陪您出去散散步吧。"

她这样说，其实是暗示聪子可以会见清显了。聪子看到天色刚刚过午，外头一片明亮，很感奇怪，抬起疑惑的眼睛望着蓼科。

蓼科一反寻常，脸上涨满了令人望而生畏的神色，因为她知道，自己手里掌握着关系国家名誉的大事。

她们来到后院正要走出后门，看到女佣站在那里给鸡喂食,伯爵夫人两手袖在胸前望着。秋天的阳光洒在走动的鸡群身上,照得羽毛亮晶晶的,晒衣场洁白的衣物快活地飘动着。

聪子一边走一边听任蓼科驱赶脚下的鸡群,她对母亲轻轻点头致意。群鸡丰满的羽毛之中顽强地闪露着步步前行的双腿,聪子第一次感触到这类生物的敌意,这是因和自己同类而产生的敌意。她避忌这样的感触。几根飘散的鸡毛闪闪地挨着地面掉落下来。蓼科打着招呼说:

"我陪小姐出外散散步。"

"散步?那就有劳你啦。"

伯爵夫人应道。女儿的喜事眼看就要临近了,夫人也同寻常大不一样,一副难以平静的风情。但另一方面,对于亲生女儿也越来越客气,仿佛对待别人家的千金一般。这就是公卿贵族的家风,面对即将入宫的女儿绝不说一句指责的话。

她俩来到龙土町町内一座小小的神社,大理石的院墙上写着"天祖神社"的字样。她们跨入秋祭刚刚结束后的逼仄的境内,站在张挂着紫色帷幔的神殿前垂首膜拜之后,聪子随着蓼科转到小小的神乐堂后头。

今天,聪子似乎受到蓼科无形的威压,她怯生生地问:

"清少爷会到这里来吗?"

"不,他不来。今天我对小姐有话说,才陪您到这儿来的。这地方说话不必担心被外人听到。"

一侧横卧着两三基石凳,是供人观赏神乐的座席。蓼科将自己的外褂叠在一起,垫在长满苔藓的石面上。

"当心腰部别受凉了。"

她劝聪子坐下来。

"我说小姐,"蓼科改口道,"事到如今也无须我再提啦,不过,您可知道,皇上最要紧的事是什么吗?

"绫仓家代代承蒙皇家恩德,到现在已经是第二十七代啦。凭我蓼科这样的人,也配和小姐谈这个,真是对着佛祖讲经啊。可是一旦获得敕许的姻缘就是不可改变的了，谁要是违背它，就等于违背圣上的旨意，这可是世上最深重的罪孽啊……"

接着，蓼科一五一十地说明，她说她绝不是指责聪子以往的行为，在这一点上，蓼科也是同谋。事件没有暴露，也不必痛悔不迭，但是总得有个限度，既然怀了孩子，就到了应该有个了结的时候了。虽然过去蓼科是默认的，但事已至此，这场恋爱就不能再延续下去了。眼下，聪子必须下定决心同清显分手，万事都要听从蓼科的指示办理……所有这些，蓼科都有条不紊地罗列出来，尽量不夹杂私情地一一讲述着。

蓼科说到这里，估计聪子已经全都明白过来，并且已经入她彀中。蓼科这才收住话头，叠起手帕，轻轻按了按汗津津的前额。

虽然说的全都在理上，但蓼科依旧带着共命运的悲悯的调子，甚至连声音也充满了温润。面对这个比亲骨肉还要疼爱的姑娘，蓼科和聪子接触并没有感到自己怀着真正的悲哀。这种爱护和悲悯之间隔着一道栅栏，蓼科对聪子越是疼爱，就越是希望聪子和自己一起共享莫名的可怖的欢乐,那是隐藏在可怖的决断之后的欢乐!一种骇人听闻的罪愆,要通过所犯的别的罪愆获得救赎,到头来两罪相抵,二者均不复存在。一种黑暗,掺和进别一种黑暗,就会招来艳丽的曙光,而且都在隐秘之中!

聪子一直闷声不响,蓼科不安地再次叮问了一句:

"您打算一切按照我所说的去做吗?您到底是怎么想的呢?"

聪子的脸上一片空白,不见一点惊慌失措的影子。蓼科滔滔不绝讲了一通,聪子闹不清她是什么意思。

"那么,你究竟要我干什么呢?不妨直说了吧。"

蓼科打量一下周围,弄明白神社前金鼓[1]的响动,不是人拉的,而是风吹的。神乐堂地板底下,蟋蟀的鸣叫此起彼伏。

---

[1] 原文作"鳄口",金属制佛具,吊在佛堂或神社前,参拜时拉动绳索发出响声。

"孩子要尽快打掉，越早越好。"

聪子屏住呼吸，她说：

"说什么呀，要是那样非得坐牢不行喽。"

"哪里话，一切都交给我蓼科好啦，即便是泄露出去，小姐和我，首先，警察是不会判罪的，因为您是订了婚的呀。十二月的纳彩一结束，那就越发没事啦。关于这一点，警察心里自然明白。

"不过，小姐，您还是好好想想吧，要是小姐您一直磨蹭下去，当断不断，等肚子大起来，不光圣上那里通不过，就连世上的人们也不会答应的。这桩婚姻那是非破裂不可，殿下也要从这个世界上引退，而且，清显少爷的处境将苦不堪言。老实说吧，不论松枝侯爵家族还是他自己的前途，都会被彻底葬送掉。所以他们只好装聋作哑，不加理睬。到头来，小姐您将失去所有的一切，难道您能甘心情愿吗？眼下只有一条路可走啦。"

"一旦泄露出去，即使警察瞒住不松口，总有一天会传到宫家耳眼儿里的，你说，那时候，我还有什么脸出嫁呢？叫我怎么觍着脸皮服侍殿下呢？"

"用不着为流言蜚语担惊受怕,宫家那里怎么想,还不是完全看小姐的本领吗?您只管一辈子做一位美丽而贞淑的妃子好啦,一切谣言不久就会不攻自破。"

"你是说,我决不会被判刑、坐牢,你敢保证吗?"

"那么,我再说得更明确一些吧,首先,警察慑于宫家的威严,是决不会把事情公开出去的。要是这样您还不放心,那就将松枝侯爵拖入我们这一边,凭着侯爵的一副伶牙俐齿,无论遇到什么,他都能压住阵脚。说千说万,还不是为他家少爷收拾残局吗?"

"啊,那可不行呀!"聪子喊道,"这一点万万不可,决不能仰仗侯爵和清少爷帮忙。那我不就成了一个下贱的女人了吗?"

"我只是做个假设才这么说的。

"其次,在法律上,我下定决心庇护小姐。小姐只需表明对我的阴谋一无所知,稀里糊涂给吸了麻醉药,才走到这步田地的。到时候,不论怎么公开出去,只要我一人将罪行包揽下来,一切就没事啦。"

"你的意思是说,无论如何我都不可能去坐牢,对吗?"

"这一点,请千万放心。"

蓼科这么一说,聪子的脸上泛起的不是放心的神色。聪子出乎意料地说道:

"我倒很想坐牢哩。"

蓼科的紧张心情放松了,她扑哧一笑。

"净耍孩子脾气!那又是为的哪桩?"

"女犯人该穿什么样的囚衣呢?我坐了牢,不知道清少爷还会不会喜欢我。"

聪子说出这样的疯话,不但没有掉泪,眼里还充满狂喜,蓼科从旁瞥见了,不由战栗起来。

这两个女人尽管身份不同,但她们渴求的无疑是同一种力量,同一种勇气。不论是为了瞒天过海,还是为了揭露真相,当前比任何时候都需要货真价实的胆量。

蓼科觉得,她和聪子两个人一分一秒都亲密无间,不可分离。正如溯流而上的小船和河水的关系,两者力量平衡,小船就会暂时停在一个地方不动。同时，她俩互相理解共同的欢乐，这种欢乐，宛若逃离即将来袭的暴风雨而飞临头顶的群鸟搏击的羽音……这是有别于悲叹、惊恐和不安，只可冠以"欢乐"之名的粗犷的感情。

"总之，您会照着我所说的行动吧？"

蓼科望着秋日阳光下聪子那张兴奋的面庞。

"这些全都不能告诉清少爷，当然是指我的身体的整个情况了。不论你所说的有没有效，你只管放心，我谁也不靠，只同你商量，以便选择最好的一条路。"

聪子的语调里已经含着妃子的威严。

三十八

十月初的一天,清显和父母一起吃晚饭时,听说纳彩仪式将在十二月进行。

父母对这个仪式表现出极大的兴趣,竞相述说自己有关典章故实的知识。

"绫仓家为了接待宫家的执事,应当布置一间贵宾房,他们究竟打算安排在哪里呢?"

"都是站着行礼,有一间漂亮的洋房就最好不过啦,可他们家只能在内客厅铺上棉布,由门厅踏在布上出迎。宫家的执事带领两位副官乘坐马车而来,绫仓家必须用大高檀纸[1]写一份受领书,包在同一种纸里,外面用两根纸捻扎好。执事身着大礼服,受礼一

---

[1] 一种手工漉制的白色高级树皮纤维纸,分大高、中高、小高三种。

方的伯爵或许要身穿爵位服。这些琐末细事，绫仓家堪称内行，根本不用我们插嘴。我们家只需帮衬着出钱就行了。"

这天晚上，清显心里烦躁不安，自己的恋爱终于被捆上铁索拖在地上走来，他仿佛听到了阴森的钢铁撞击的响声。敕许下达时被激起的欢快的活力消失殆尽了。当时被大大鼓动起来的"绝对不可能"这一坚如白瓷的观念，早已密布着细微的罅隙。曾经义无反顾地陶醉于狂热的欢乐之中的清显，而今犹如一位看尽春花秋月的过来人，只剩下悲惋的叹息。

就此罢休吗？他反躬自问。不行！敕许所激起的力量，曾经促使他们二人疯狂地结合在一起，而纳彩的官方公报不过是敕许的延长，却使他感到一种企图从外部将他们二人拆散的力量。前一种力量只需随心所欲，见机行事；后一种力量则不知如何对待才好。

第二天，清显给联络地的军人旅馆的老板打电话，托他转告蓼科，自己想和聪子见面，希望傍晚之前回话。所以清显虽然照样上学，但根本没有心思听老师讲课,放学后,他从校外打电话询问,对方转达蓼科的回话说:正如您知道的,这十天内不能让你们见面,到时候我会通知的,您只管等消息好了。

他就这样苦熬苦等了十天。想从前,自己对待聪子太冷酷了,如今他切实感到,自己是遭报应的时候了。

秋深了,树叶还没有完全变红,只有樱树的叶子染上红色,脱落了。星期天清显不打算请同学来玩,一个人挺憋闷的,他只顾眺望着湖面上飘移的云影。接着,他又茫然地瞧着远方九段瀑布,想不通为何那水永无止境地奔泻下来,他思忖着那平滑的流水为什么会接连不断,他觉得那水流就是自己感情的姿影。

体内一旦积攒起空漠而不适的情绪,有的部位发热,有的部位发冷,动弹一下身子,沉重的倦怠和焦躁就一起袭来,就像害病一样。清显独自一人在广阔的庭院里无目的地漫步,走上主楼后面桧树林中的小路。他看见老园丁在挖掘叶子发黄的山药。

透过桧树梢可以窥见蓝天,昨天的雨滴掉落下来,打在清显的额头上。他感到,这雨滴几乎砸穿他的前额，为他带来清凉而激烈的音信，将他从害怕被世间抛弃和遗忘的不安之中拯救出来。他一直等待着，什么事也未发生，然而，正如十字路口络绎不绝的脚步声，不安和疑惑使得他的一颗心忙乱不堪。而且，清显甚至忘记了自己的美丽！

——十天过去了。蓼科很守约。但是，这次见面的吝啬表现使他感到心寒。

聪子到三越百货商店挑选和服料子，伯爵夫人本该一道去的，因为有点感冒，只叫蓼科一人陪着去了。因此，聪子有可能同清显见面。不过，要是约在衣料商场会面，被店员们看到挺没趣的，不如叫清显在有狮子雕像的入口等着，一直等到午后三点，一旦看到聪子从百货店出来，就由她任意走过去，自己紧跟在聪子和蓼科后头。不久，两人进入附近一家不起眼的年糕赤豆汤店，清显就可以在那里同聪子度过些时光，说说话。这样一来，等候的车夫还只当是她们一直待在百货店里没出来呢。

清显提早离开学校，制服外面罩上一件风衣，掩盖着领章，把制帽塞进书包，站立在三越入口杂沓的人群里。聪子出现了，投过来悲戚而火热的一瞥，便向大街走去。清显按照事先约好的，瞅机会进入顾客稀少的年糕赤豆汤店，在一个角落里和聪子相向而坐。

也许是神经过敏吧，清显总觉得聪子和蓼科之间变得疏远起来。聪子脸上的妆比平时显得浮薄，明显地看出她是故意装出一副健康的样子，说话的语尾有气无力的，头发显得很厚重。清显蓦地发觉眼前展现着一幅图景，原来色彩鲜明的画面，如今黯然失色了。眼前的这位，和他十天来一直企盼见到的人儿，有着微妙的差异。

"今晚还能见面吗？"

清显心急如焚地问道，他已经预感到绝不会有满意的回答。

"别再说些办不到的话啦。"

"有什么办不到的呢？"

清显言辞激烈起来，他的心空荡荡的。

聪子低下头，泪流潸潸。蓼科顾及着周围的顾客，她递过一块白手帕来，推了一下聪子的肩膀。蓼科的动作显得有些粗野,清显目光锐利地斜睨了她一眼。

"干吗那样瞅着我呀?"蓼科的语气满含着无礼的调子,"我为少爷和小姐拼死拼活,您懂得我的苦处吗?不,不光是少爷,就连小姐也不清楚。我们这号人,还是不活在这个世界上为好!"

三碗赤豆汤端上了桌,谁也没有动一下。滚烫的紫色豆馅,如春泥一般从涂漆的碗盖下溢出来,慢慢地干了。

见面时间很短,两人分别前随便约了个日子,十天后再见。

当晚,清显陷入苦恼不得自拔,聪子何时能不再拒绝同他夜间幽会呢?一想到这里,他就感到自己被整个世界拒之于千里之外了。他在绝望之中深感自己确确实实一心爱着聪子。

看到今天聪子的眼泪,清显也明白,她的一颗心是属于自己的,但同时他也清楚,两人心灵上的契合,再也不能发挥任何作用了。

如今,清显所怀有的是一种真正的感情。比起他曾想象的一切恋爱的感情,这种感情粗杂、无趣、荒寂、幽暗，远离一切都雅，无论如何都不能写入和歌。他第一次保有这般丑陋的素材。

清显度过了一个不眠之夜，带着一副苍白的脸色上学去，被本多一眼看出。面对那种欲言又止、细心关怀的询问，清显差点流下泪来。

"知道吗，她不再跟我睡觉啦。"

本多的脸上现出童贞般的迷惘。

"到底怎么回事？"

"也许是决定十二月纳彩的缘故吧。"

"这么说，她是想更加谨慎些。"

"也只能这么看了。"

本多找不到一句安慰朋友的话，他无法用自己的经验开导清显，只能空发议论。本多为此感到悲哀。他有必要代替朋友爬上树梢，俯瞰地面，进行一番心理分析。

"你小子在镰仓同她幽会时，不是怀疑过自己突然觉得有些厌倦了吗？"

"不过，那只是一时的事。"

"是不是聪子小姐巴望再次获得更加深沉而强烈

的爱，才采取那种态度的呢？"

本多以为清显自爱的幻想是这时候最好的慰藉，其实他想错了。清显对于自己的美貌已经无所顾及，甚至连聪子的感情也不放在心上。

重要的是能找个时间和地点，使他们两人肆无忌惮、无忧无虑地自由见面。他怀疑也许只有在这个世界之外才能找到吧？要不然就是这个世界毁灭的时候。

最要紧的不是心情而是状况，清显疲惫、危险、布满血丝的眼睛，幻想着两个人的世界的秩序即将崩溃了。

"要是发生一场大地震就好了，那样一来，我就可以去救她。要是发生世界大战也好了，那样一来……对啦，整个国家的根基都动摇起来就更好啦！"

"你小子认为可以做到的事，总得有人去干呀。"本多带着一副怜悯的眼神望着这位优雅的青年说道。他想，这时讽刺和嘲笑也许能使朋友振作起来，"那你自己就去干嘛。"

清显露出一脸困惑的表情，沉迷于爱情中的青年哪有这样的闲暇。

然而，本多的话又一次在朋友眼里燃起一瞬破坏的光芒，本多被这种光芒吸引住了。清显双眼内澄澈的神域，狼群在黑暗中奔突，那狂暴的灵魂于迷幻中疾驰的身影，在他的眼眸里瞬息即逝。不必行使外力，甚至清显自己也毫无觉察……

"用什么力量才能打破僵局呢？是权力，还是金钱？"

清显喃喃自语。松枝侯爵的儿子竟然说出这等话来，多少显得有些滑稽。

"要是凭借权力，你怎么办？"

本多冷冷地反问。

"那就千方百计获得权力，不过，要花一段时间。"

"权力和金钱从一开始就丝毫不起作用。不要忘记你是同谁打交道，对方从来都不把权力和金钱放在眼里，你所迷恋的不正是这一点吗？否则，你小子将把人家看成一堆碎砖烂瓦。"

"可是，明明有过一次例外。"

"怕是做梦吧,你梦见彩虹了。此外,还有什么可求的呢?"

"此外……"

清显一时嗫嚅起来,他那欲言又止的背后,似乎绵亘着难于预测的广漠的虚无之境,本多一阵战栗起来。本多想:"我们交谈的话语,犹如深夜工地上胡乱堆积的石头,一旦觉察头顶上是广大无边的沉默的星空,这些石头也只好闷声不响了。"

第一节的伦理学下课之后,他俩沿着洗血池周围的林中小道边走边聊。第二节课就要开始了,他们立即折回头来。秋天森林的路面上,明显地落满了各种杂物,厚厚堆积的湿漉漉的枯黄的树叶、橡子、过早开裂腐烂的青青的栗子、香烟头……其间,本多发现地上一团毛茸茸的东西,扭曲着的病态的灰白身子,他停住脚凝望着,知道那是一只幼小鼹鼠的尸体。这时,清显蹲下腰去,借着头顶树梢反射下来的朝阳,默默盯着这具尸体不肯走开。

那团灰白是仰面躺着的胸毛,发散着耀眼的白光。全身布满缎子般濡湿的黑毛,颇为灵巧的小蹄爪白色的皱褶里，塞满了淤泥，看来是垂死挣扎的结果。鸟一般尖尖的嘴巴仰起着，露出两颗精妙的门牙，张开着柔软的鲜红的口腔。

两人不约而同地想起松枝家瀑布上头曾经悬挂的黑狗的尸体。那只死狗，出乎意料地享受着虔敬的祭奠。

清显提起毛色斑斓的尾巴，幼小的鼹鼠的尸体悄然躺在自己的手掌上了。尸体已经干透了，没有什么不洁的感觉。只是这只卑贱的小动物的肢体中所蕴蓄着的宿命，那漫无目的地胡乱忙碌的命运使他厌恶，还有那张开的小爪子微细的造型也令他不快。

他又拎着小尾巴站起身，沿着小路走到水池边，随便将小尸体抛进池子。

"干什么？"

看到朋友如此粗暴，本多不由皱起眉头。从这个调皮学生般的粗野举动里，他窥见清显一反寻常的颓放的精神状态。

三十九

七八天过去了,蓼科一直没有联络。到了第十天,清显给军人旅馆的老板打电话,回答说蓼科病了,一直躺在床上。又过了几天,还是说蓼科没有完全好转。清显怀疑这会不会是托词。

清显被发狂的欲望所驱使,夜间,他独自一人跑到麻布,围着绫仓家住宅转悠。他走过鸟居坂一侧的煤气灯下边,对着明亮的灯光伸出手来。他看到自己苍白的手背,不由气馁起来。这使他联想到一句常常听到的话:濒死的病人总是注视自己的手背。

绫仓家的长形屋门紧紧关闭着,黯淡的门灯使得风化的凸出的黑字门牌也不怎么看得清楚。毕竟这座宅第的灯火很稀疏,他从院墙外绝不能看到聪子屋内的灯光。

那些无人居住的长形屋子的格子窗,使清显想起幼年时代,他和聪子有一次偷偷钻到里面去玩。那一间间充满霉味的屋子,立即变得阴森可怖起来,于是他们攀上窗棂,很想看看外面的阳光。那些积聚在窗棂上的灰尘依旧原封未动吧?当时,看到对面人家的绿树是那样耀目争辉,想必是五月里的事。如此细密的窗棂,居然能看到一片未被分割开来的绿色,可以想见两人的脸蛋多么小。卖秧苗的走过去了,他吆喝着,拖着长长的尾音:"买茄子喽——""买牵牛花喽——"两个孩子跟着学,然后笑作一团。

他在这座宅第里学到很多东西。缕缕墨香总是寂寥又缠绵地萦绕于记忆之中,连同"优雅"凝结于他的心头,难解难分。伯爵向他展示的蓝底、撒满金箔的写经本,京都皇宫风格的秋草屏风……所有这些本该闪烁着肉体的烦恼之光;而今在绫仓家里,这一切都埋没在霉味和古梅园[1]的墨香之中了。眼下,清显被排拒在外的院墙内,"优雅"久久重新泛起香艳

---

1 制墨的老铺,本店在奈良。

的光辉之时，他连碰一下指头都不可能。

从院子外面，好不容易看到二楼黯淡的灯光熄灭了。伯爵夫妇就寝了，伯爵一直有早睡的习惯。聪子大概辗转难以成眠吧，但却看不见灯光。清显顺着围墙绕到后门，不由将手伸向黄色而干裂的门铃开关，但立时又控制住了。

他为自己缺乏勇气而伤感，悄然回家了。

熬过可怖的风平浪静的几天，接着又过去了几天。他去上学，只是为了消磨时光，回家后也不做功课。

为了迎接来年夏天的大学升学考试，包括本多在内的好多学生都在加油刻苦攻读，被保送升大学的学生都在积极锻炼身体。清显同谁也走不到一起去，他越来越孤立。同学们跟他搭话，他也是带理不理的，因而同大家渐渐疏远起来。

一天放学归来，执事山田守在大门口，一见面就对清显说：

"今天侯爵老爷回来得早，正在台球室等着，说要和少爷打台球呢。"

这是不同寻常的命令，清显心里忐忑不安。

侯爵极少一时兴起招呼清显一同打台球，他只是在家里吃罢晚饭醉余之后偶尔玩一下。父亲在大白天里叫他去打台球，不是心情极好，就是心情极坏。

清显几乎未曾在有阳光的时候进过这间屋子。因此，当他推开沉重的门扉，看到夕阳透过全然紧闭的波浪形窗玻璃、照射着墙上四方槲木镜板的时候，他感到仿佛走进一间陌生的房子。

侯爵正低着头，伸出球杆瞄准一颗白球，扣在球杆上的左手指弯成棱角，看上去犹如一只象牙琴马。

清显穿着制服，伫立在半开半掩的门扉中间。

"关上门！"

侯爵俯伏在绿绒球台上的面孔，闪映着微微的绿色，清显弄不明白父亲的面色里隐含着什么。

"看看这个吧，蓼科的遗书。"

侯爵终于抬起身子，用球杆尖端指了指窗边小桌上的一封信。

"蓼科死了吗？"

清显感到拿着信封的手在发抖,他反问道。

"没有死,被人救活了。她没有死成……这就更加可恶!"侯爵说。

侯爵摆出个姿势,控制着自己没有走近儿子的身边。清显踌躇不前。"还不快读!"侯爵第一次厉声吩咐道。清显依然站着,开始阅读写在长长卷纸上的遗书。

遗 书

侯爵老爷看到这封遗书时,蓼科已经不在这个人世上了。贱妇实乃罪孽深重,诚惶诚恐,决心自绝贱命,以赎我罪。为表忏悔,故先冒死以陈,敬希谅察。

绫仓家聪子小姐,兹因蓼科懈怠而有怀妊之兆,不胜恐惧之至。虽屡劝小姐早做处置,却置若罔闻,以至于今。倘若一味拖延下去,后果不堪设想。故蓼科一念之下,将全部真情如实禀报绫仓伯爵,然伯爵老爷束手无策,徒叹奈何,始终没有采取任何决断措施。不久将超过一月,日渐难于收拾。鉴于关系国家之大事,一切皆因蓼科之不忠而起,眼下只得舍身以求侯爵老爷,别无良策。

侯爵老爷想必盛怒难耐,然小姐怀妊亦属家内之事,且不可外扬开去,故万望贤察,万望贤察。老命急死,乞求怜惜,小姐之事,万望关照。贱妇于泉下呈请老爷施以隆恩。

顿首。再拜。

……清显读罢,看到信里没有写明自己的名字,一时产生一种卑怯的安心之感。不过他断然舍弃了这种想法,他仰望父亲的时候,极力使自己不要露出狡赖的眼神。但是,他嘴唇发干,太阳穴灼热,怦怦乱跳。

"看完了吗?"侯爵问,"她说小姐怀孕是家内的事,万望贤察,你看到了吗?绫仓家和我们虽然很亲近,也不可说是家内的事,但蓼科却这样说了……你有什么要申辩的,只管说说看,当着你爷爷的面说!……要是我猜测错了,我当自责。作为父亲,实在不愿这样推想，这是令人唾弃的事，令人唾弃的推想！"

这位行为放荡的乐天派侯爵看起来如此可怕，又如此伟大，这是前所未有的。侯爵背向着祖父的肖像画和《日俄战争海战图》，球杆焦躁地敲打着手心，站立不动。

这是一幅反映日俄战争场面的巨幅绘画，画面描绘了日本海军实行敌前大迂回的情景。半幅多画面都被大洋暗绿的波涛占据了，平时一直在夜晚看到的画面上的波浪，映着黯淡的灯影，画面不很分明，同灰色的墙壁相连接，只不过是一片凹凸的黑暗。但白天里看起来，眼前紫茄色的海浪重重叠叠，巍然屹立，于暗绿之中透着几分明丽，向远方奔涌而去。各处的波峰，白沫飞扬。这激情的北方之海，一同进行大迂回的舰队，在水面上拖曳着广阔的水花，蔚为壮观。纵向穿过画面驶向大洋的大舰队，烟雾均等地飘向右方，清泠的北方的蓝天包蕴着五月嫩草似的淡绿。

比较起来，身穿大礼服的祖父的肖像画，不屈的性格中透露着温情，与其说是在呵斥清显，毋宁说是用一种蔼然长者的威严对他施行教诲。清显面对祖父的肖像,觉得一切事情都可以和盘托出。

看到这位祖父鼓胀的沉重的眼睑、脸上的赘疣以及厚厚的下唇,他的优柔寡断的性格,立即得到显著的治愈,尽管是一时性的。

"我没有要辩白的,说得全对……是我的孩子。"

清显说着,他没有低头。

其实,处于这种立场的松枝侯爵,他的内心同可怕的外观截然相反,陷入极端的困惑之中。他本来就不善于处置这类事情,按理说接下去该是劈头盖脸一阵痛骂,但他只是在嘴里不住咕哝。

"蓼科老婆子一次两次来告状,前一回是学仆干了坏事,倒也罢了,这回竟然告到侯爵的儿子头上了……可想死又没死成,真是作孽!"

每当碰到触及心灵的微妙问题,侯爵总是报以哈哈大笑,这回同样是触及心灵的微妙之事,应该大发雷霆的时候,他倒不知道如何是好了。这位红光满面、仪表堂堂的男人,同自己的父亲截然不同的地方在于,即使对儿子也要摆起架子,不能让他看出自己的愚顽不敏来。侯爵本来想，对儿子发怒也不必按老一套去做，但结果却使他感到自己的怒气失去了粗野无礼的力量。不过，发怒对自己也很有利，这样可以使他成为离自我反省最遥远的人物。

父亲一时的逡巡，给了清显以勇气。宛若从龟裂的地表涌出一股清洌的泉水，这位青年说出了平生最为自然的话语。

"不过，聪子反正是我的人。"

"你的人？再说一遍看看，你的人？是吗？"

儿子的话给了自己泄怒的把柄，侯爵感到很满足，这样一来，他就可以放心地贸然行事了。

"你都说些什么呀？宫家向聪子提亲时，我不是问过你'有没有什么不同的意见'吗？我说过，'事情还可以挽回，这事如果牵涉到你的心情，不妨直说出来'。还记得吗？"

侯爵发怒时交混使用着"俺"和"我"两个词，咒骂时用"我"，怀柔时用"俺"，而且错误百出。侯爵握着球杆的手明显地颤抖着，顺着球台一边进逼过来。清显这时候才感到大祸临头。

"当时,你是怎么说的?啊,怎么说的?你不是说'这事和我有什么关系',对吗?大丈夫一言九鼎,亏你还是个男子汉。我本来还后悔,不该将你培养成一个性格懦弱的人,没想到你竟能干出这等事来。你不光染指于圣上敕许的宫家的未婚妻,还使她怀上了孩子。你败坏门庭,往父母脸上抹黑!世上哪有你这样不忠不孝的子孙?要是过去,我这个当老子的,非得剖腹自杀、向圣上谢罪不可。你品德恶劣,行同猪狗!喂,清显!你是怎么想的?怎么不回答?还在顶牛吗?喂,清显……"

清显看到父亲气喘吁吁,嗓门越来越大,突然抡起球杆打了过来,他一转身躲闪不及,穿着制服的脊梁骨重重挨了一杆子。他用左手掩护着后背,正巧被击中,立即感到一阵麻木。为了躲避即将落在头顶上的球杆,清显寻找门口以便逃走,一回头,球杆打偏了,击中了鼻梁。清显被那里的椅子绊了一下,就像抱着椅子倒在了地上,鼻孔里立即流满了鼻血。球杆没有再继续追打过来。

恐怕清显每挨上一杆子,就撕心裂肺地号叫一声。房门开了，祖母和母亲赶来了。侯爵夫人站在婆婆背后颤抖着。

侯爵手握球杆，剧烈地喘息着，呆然而立。

"出什么事啦？"

清显的祖母问道。

一句话提醒侯爵，这才发现母亲的身影，他一时不敢相信母亲会来这里。他没有预料，是妻子觉得事态紧急，才把婆婆叫来的。母亲平时一步都不肯离开那座养老宅子，今天倒是出乎意料。

"清显干了不体面的事，您看看那边桌子上蓼科的遗书就明白了。"

"蓼科自杀了吗？"

"接到邮局送来的遗书，我给绫仓打了电话……"

"哦，后来呢？"母亲坐在小桌旁边的椅子上，慢腾腾从腰带里掏出老花镜，像打开钱包一样，十分仔细地拉开天鹅绒镜盒。

夫人开始看到婆婆对倒地的孙儿瞧都没瞧一眼，老太太明显是想把他一手交给侯爵处理，这才是对孙儿真正的爱护。夫人看出这一点来，放心地跑到清显身边,他已经拿出手帕,摁住了鲜血淋漓的鼻子。清显没有受什么大伤。

"哦,后来呢?"

侯爵的母亲打开卷纸,又重复地问。侯爵心里已经感到气馁了。

"打电话一问,命保住了,眼下正在休养中。伯爵觉得很奇怪,他问我是怎么知道的。看来,他不知道蓼科给我寄来遗书的事。我提醒伯爵,千万不可把蓼科吃安眠药自杀的事泄露出去。不过我想,这事毕竟是我们清显惹起来的,不能一味怪罪对方,所以实在是不该打这个电话。我跟伯爵说了,最近尽快找时间见一面,商量一下。无论如何,得等这边表态之后才能采取行动。"

"说的也是……这话在理。"

老太太一边看遗书,一边漫然地应着。

她那肥厚光亮的前额,以及用粗线条一笔勾勒的轮廓鲜明的面庞,如今依然保留着往昔晒过的肤色。一头剪得很短的白发随便染上了黑色,显得极不自然……不可思议的是,这种刚健的乡土风格的整体形象，反而同这座维多利亚式样的台球室十分契合，简直就像裁剪下来镶嵌上去的一般。

"不过，这封遗书没有一处提到咱们清显的名字。"

"您看看'家内之事、不可外扬'那段文字，不是暗含讥讽吗？一眼就会明白的……再说，清显他也承认是自己的孩子。妈，您可就要抱重孙子啦，不过是个见不得人的重孙子。"

"清显也许是为了袒护谁，故意说谎吧。"

"您想到哪儿去了呀，妈直接问问清显不就得了？"

她这才回头望着孙儿，就像对着五六岁的孩子，满含慈爱地问道：

"好吧，清显，快把脸转向奶奶，一直瞧着奶奶的眼睛回答，这样就不会说谎啦。刚才你爸爸说的都是真的吗？"

清显忍受着脊背的疼痛，不停揩拭着流淌的鼻血，他手里攥着鲜红的手帕转过脸来。五官端正的面庞，秀挺的鼻子因胡乱擦抹而变得血迹斑斑，就像小狗湿漉漉的鼻尖，同温润的眼睛一起，看起来显得多么稚嫩。

"是真的。"

清显瓮声瓮气地应了一句，急忙用母亲递过来的新手帕捂住鼻孔。

这时，清显祖母的一番话犹如疾驰的骏马，哒哒而过的马蹄，痛快淋漓地一举踢碎看似井然有序的一切。祖母说道：

"什么？把洞院宫家的未婚媳妇给搞大肚子了？好能耐啊！这种事，如今哪是那帮子没出息的男人所能办到的？这是了不起的大事！显儿呀，真不愧是爷爷的好孙子。就凭这一点，咱坐牢也情愿！这事总不该犯死罪吧？"

祖母显然满怀喜悦，紧绷的唇线松弛下来，长年的郁积获得了释放，到现在侯爵这一代凝聚于这座宅第的沉闷的空气，被她一下子扫荡尽净了。她为此而感到心满意足。这也不光是现任侯爵她儿子一人的过错。这座宅第周围有一股力量，十重二十重远远地围困着晚年的她，企图将她摧垮。祖母奋起反抗的声音，明显代表着已逝时代的音响。那个已经被现代的人所遗忘的动乱的时代，没有人害怕坐牢和处死，生活始终同死亡和牢狱毗邻，随处洋溢着一股血腥气。祖母的时代，至少属于那些若无其事蹲在死尸漂流的河边洗盘子刷碗的一群主妇。那才叫生活！这位乍看起来温文尔雅的孙儿，能有这样的壮举，使那个时代的幻影重新在她眼前复活起来。祖母的脸上好一阵子神情恍惚，如痴如醉。侯爵夫妇一时怔住了，不知说什么才好，他们只能从远处呆呆地凝视着这位母亲的面孔，那是一副不愿让外人看到的野朴而粗俗的乡间老婆婆的面孔。

"瞧您都说些什么呀。"怅然若失的侯爵终于回过神，有气无力地顶了一句，"照那样下去，松枝家不就给毁了吗？那也太对不起父亲啦。"

"说得对！"老母亲立即回应道，"你现在应该考虑的是，不是如何拷问显儿，而是如何保住松枝家的名誉。国家固然重要，松枝家也很重要。咱们家可不像绫仓家那样，接连享受二十七代皇上的俸禄啊……那么，你打算怎么办呢？"

"权当什么事也没发生,从纳彩到婚礼,劝他们按部就班进行下去。"

"这想法很好。还有,要让聪子那丫头及早将肚里的孩子打掉。在东京近郊做,万一给报社的人嗅到了,会把事情闹大的,有什么更好的法子没有?"

"大阪可以。"侯爵思忖了片刻说道,"可以委托大阪的森博士极秘密地做掉。为此,不能稀罕金钱。不过,要使聪子很自然地去大阪,总得找个理由才好……"

"绫仓家那里有很多亲戚,既然决定纳彩,总得过去打个招呼吧,这不是很好的时机吗?"

"但每家都去见面,身子要是被人瞧出破绽,反而更糟……对了,有办法啦。最好让她去拜会奈良月修寺的门迹,表示一下辞别之意。那里本来就是宫家担任门迹的寺院,完全有资格接受拜别。不管从哪里看,都没有什么不自然的。聪子还是小孩子的时候,就受到门迹的百般呵护……所以先让她去大阪接受森博士的手术,静养两三天,然后去奈良。此外,估计聪子的母亲会跟着一起去……"

"光这样不行！"老太太厉声说，"绫仓太太到底是对方家的人，咱们家也得有人跟着，要从头到尾看着博士处置的过程，还必须是女的……啊，都志子，你去！"

她望着清显的母亲吩咐道。

"是。"

"你只管监视，不必去奈良。你只要看到该办的都办得妥帖了，就立马回东京汇报。"

"是。"

"就照着母亲的吩咐做吧。关于出发的日子，我和伯爵商量之后再决定，绝对做到万无一失……"

清显自觉退到后台去了，他仿佛感到，自己的行为和所爱已经被当作僵尸处理，祖母和父母的每句话都——传进死者的耳眼儿，他们毫无顾忌，只是详细讨论有关葬礼的安排。不，在举行葬礼之前，一种东西已经被埋葬。而且，清显一方面是精力衰竭的死者，另一方面又是遭受打骂而负伤的走投无路的孩子。

这一切都有条不紊地被决定下来，既和行为当事人的意志无关，对方绫仓家人的意志也被漠视。甚至刚才还在滔滔不绝畅言一通的祖母，这时也为处理这桩非常事件运筹帷幄，愉快地投入到出色的谋划之中了。祖母本来和清显纤细的性格无缘，但都具有从不光彩的行为中发现野性之高贵的能力，那同时也是为维护名誉将真正的高贵迅疾隐藏在手中的能力。看来，这种本领与其说是从鹿儿岛湾夏日的阳光中获得的，毋宁说是从祖父身上或经由祖父学习得来的。

侯爵自从挥动球杆痛打儿子之后，第一次仔细瞧着清显说道：

"从今以后，你要谨慎行事，严守学生本分，用功读书，准备迎接大学考试。听到没有？我不想再多说了。这是你能否出落成人才的关键……聪子那里，不用说了，禁止一切会面。"

"这在过去就叫闭门蛰居。要是用功感到累了，可以常到奶奶那里玩玩。"祖母说。

于是，清显感到，如今这位侯爵父亲为了维护社会名誉，也不好过分责罚儿子了。

四十

绫仓伯爵是个极端害怕受伤、疾病和死亡的人。

早晨,因为不见蓼科起来,人们一阵吵嚷,发现枕畔放着遗书,立即送到伯爵夫人手里,接着再转给伯爵,他的手指像抓着沾染霉菌的东西一样打开来。这封遗书写得很简单,谁看了都没关系,内容只是痛悔自己行为不检,对不起伯爵夫妇和聪子小姐,感谢长年以来对自己的恩典和照顾。

夫人立即请来医师,伯爵自然不会去看,只是听夫人事后的详细报告。

"好像吃了一百二十片安眠药,她本人还没有醒过来,是听医生说的。又扬胳膊又蹬腿,弓起身子抽搐着,大大折腾了一番。真不知道这老婆子哪来的那股子劲儿呢。大伙儿好不容易把她摁住,又打针,又洗胃（洗胃太残忍了，我没敢瞧）。医生说，一条命是保住啦。

"到底是专家，就是不一样，没等家里人开口，一闻到蓼科喘气就说：'哦，有大蒜味，吃安眠药了。'一下子就给猜中啦！"

"多长时间能好？"

"医生说必须静养十天。"

"这事儿绝不可泄露到世上去，要封住家中女人们的嘴，还要叮嘱医生多加关照。聪子怎么样啦？"

"聪子一直闷在屋里，她不想去探望蓼科。聪子的身体眼下这种情况，看见蓼科那副样子，弄不好会出事的。还有，从蓼科把那件事情对我们说了之后，聪子就一直不理睬蓼科了，目前急着去探望，总有些难为情。聪子嘛，我想还是让她悄悄待着为好。"

五天前，当蓼科思来想去不知如何是好时，就把聪子妊娠一事报告给了伯爵夫妇。蓼科原以为自己要狠挨一顿臭骂，伯爵也会感到狼狈不堪。没想到他们麻木不仁，毫无反应。蓼科十分焦急，给松枝侯爵发去遗书之后，就吞下了安眠药。

首先，聪子死活不听蓼科的规劝，一天天危险增大，又叫蓼科不要告诉任何人，这样下去老是没个决断，蓼科困惑之余，背叛聪子，将事情对伯爵夫妇说明了。这对夫妻也许一时晕头转向，拿不定主意吧，就像听到后院的鸡给猫叼走了一般。

听到这桩重大事件的第二天，接着第三天，伯爵都去看望了蓼科，但每次都没有提及这件事情。

伯爵打心里感到困惑，但如此大事，自己一个人又难以处置，找人商量吧，又觉得没面子，所以还是忘掉为宜。夫妇商量决定，在采取对策之前，一切都瞒着聪子。不料，敏感的聪子经盘问蓼科知道真相之后，就再也不搭理蓼科了，一个人待在房子里不出来。全家笼罩在奇异的沉默之中，外头有人要找蓼科，一概告诉她病了，不予应接。

就连伯爵面对妻子也不谈论这个问题。事态确实可怕，必须赶快拿定主意。但越是紧迫就越只能拖一天算一天，伯爵根本不相信会出现奇迹。

可是，此人的怠惰含有一种精明的计算，毫无疑问，他对任何事情都犹豫不决，正是因为他根本不相信任何决断。但此人也并非普通所说的怀疑一切。绫仓伯爵即使终日冥思苦索,也不喜欢为坚忍的丰富的情感寻找一个突破口。精思类似家传的踢鞠,谁都清楚,不管踢得有多高,也会迅速掉落到地上来。就算有人像那位难波宗建[1]一样,捏住麂皮白鞠的紫皮提纽,向上一踢,一脚就踢过十五间紫宸殿的屋脊,博得人们齐声喝彩,可是白鞠又立即落到小皇宫的庭园里了。

鉴于所有解决办法都缺少情趣,还不如坐待别人来承担那种枯燥无味的差事呢。这就必须有别人用鞋子接受落下的鞠球。尽管是自己踢起来的鞠球,但飘浮于天空的一瞬间,也许会出乎意料地癫狂起来,不知随风飞到哪里去了。

伯爵的脑里一向不会出现破灭的幻影。获得敕许的宫家的未婚妻怀上了别的男人的孩子,假若这还不算大事,那么这个世界就没有什么大事可言了。不管什么样的鞠球都不会永远停留在自己手中,总会出

---

[1] 难波宗建(1697—1768),江户中期蹴鞠家。

现可以托付的人，将鞠球接替下去。伯爵绝不是个时时使自己感到焦急的人，因此，其结果只能使别人为他感到焦急。

蓼科自杀未遂一事使伯爵大吃一惊，第二天，他接到松枝侯爵的电话。

侯爵已经知道了这件隐秘之事，这怎么可能呢？但这是事实。不过，即使家中出了内奸，眼下的伯爵反正铁了心，也还是不慌不忙。但是，内奸嫌疑人蓼科昨天一天都昏睡不醒，致使一切合乎逻辑的推测都无法成立。

因此，当伯爵从夫人嘴里听说蓼科的症状大有好转，既能开口说话也想吃东西的时候，忽然勇气大增，打算一个人跑到病室里探望。

"你不用去了，我一个去看她，或许那女人能说出些真心话来。"

"房间里又脏又乱，您突然去看她，蓼科会感到为难的。我先跟她打声招呼，叫她准备一下。"

"也好。"

听说病人开始化妆了,绫仓伯爵硬是等了两个多小时。

主楼内特为蓼科单辟一室,是一间没有阳光的"四叠半",铺一套被褥就填满了。伯爵从未到这座房间里来过。终于有人来迎接了,于是他便过去,到那里一看,榻榻米上专门为伯爵安设了座椅,被褥也收起来了。蓼科双肘支在一摞坐垫上,身上裹着棉睡袍。为了迎接主人,她行礼时额头几乎触到那些坐垫上。然而,蓼科经过一番梳洗打扮,沉淀的浓厚的水白粉一直涂到发际,蓼科顾及着自己的浓妆,她行礼时额头和坐垫之间还是保留着少许的空隙。这些,伯爵全都看在眼里。

"真危险,能救过来真是太好啦。这就不用担心啦。"

伯爵坐在椅子上,这里只能俯视病人,但他决不认为有什么不自然。他一边担心彼此是否能够互通心声,一边开口说道:

"实在没脸见人,真是对不起,不知怎样赔罪才好啊……"

蓼科又低下头，掏出怀纸按住眼角。伯爵知道，这也是为了保护脸上的白粉。

"医师说了，养上十天光景就会完全恢复过来的，不必担心，好好歇着吧。"

"太难为老爷了……落到这种地步，死也没死成，实在丢人现眼。"

她裹着碎菊花的紫红的睡袍，团缩着身子，那副姿态就像一度踏上黄泉路又折回头来的鬼魂，散发着阴森的气息。伯爵觉得这座小屋里的橱柜和小抽斗都染上了某种污秽，因而有些不安起来。一想到这里，看见蓼科俯伏着的颈项仔细地涂满了白粉，头发梳理得一丝不乱，反而觉得流露出一种莫名的恐怖气氛。

"是这样的，今天松枝侯爵来电话，听他说已经知道这件事，我感到很震惊。有些事不知你还记得不记得，所以想问一问……"

伯爵是漫不经心提出这个问题来的，只要她肯开口，问题就自然解决了。他刚说了一半，就一下子预感到有了答案，不由感到愕然。与此同时，蓼科也抬起头来。

蓼科的脸上永远是一副极具京都风格的浓妆艳抹，嘴唇内侧闪现着京都胭脂的茜红色，盖满皱纹的白粉上再施一层白粉，由于昨天刚服了毒，肌理反常，满脸粉脂犹如飘散着的一层新长出的霉菌。伯爵悄然移开目光，继续问道：

"你事先给侯爵寄去了遗书，是吗？"

"是的。"蓼科扬着脸，声音一点也不发憷，"我是真心想死，那封遗书是拜托后事的。"

"全都写上了吗？"

伯爵问。

"没有。"

"这么说，还有没写上的，对吗？"

"可不，没写上的有的是。"

蓼科爽朗地回答。

四十一

伯爵虽然这么问,脑子里也并未想到这事被侯爵知道会怎样,可是他一听说蓼科有好多事没有写上,忽然感到不安起来。

"没写上的是指哪些呢?"

"怎么好这样问呢?刚才您问我'全都写上了吗',我才那么回答的。老爷既然这么问,心里总有些事放不下来吧?"

"不用绕弯子啦。我一个人来看你,就是为了说话不必有所顾忌,得啦,有什么话就直说吧。"

"没有写的好多好多。其中,八年前在北崎家,老爷吩咐的那件事一直藏在我心里,打算带到棺材里去。"

"北崎……"

伯爵一听到这个姓名，就觉得很晦气，身子不由震颤起来。由此，他明白了蓼科的意图。越是明白就越感到不安，他很想再次确认一下。

"在北崎家，我说了些什么呀？"

"那是个梅雨时节的夜晚，您不会忘记的吧？小姐逐渐长大懂事了，但也才十三岁。那天，松枝侯爵难得一次来家里玩，侯爵老爷回去之后，我看您脸色很不高兴，为了散散心，您到北崎家去了。那个晚上，您对我说什么来着？"

……他已经明白蓼科到底想说什么。她是想拿伯爵的话做把柄，企图将自己的丑行一概算在伯爵的账上。伯爵立即犯起了疑惑，蓼科服毒难道真的想死吗？

眼下，蓼科从一摞坐垫上抬起头来，那双嵌镶在白粉墙般浓妆的脸上的眼睛，犹如城堞上开着两个黑魆魆的箭洞。墙内的黑暗耸峙着"过去"，箭矢从黑暗中瞄准外面曝露于光明中的伯爵的身子。

"现在还提那些干什么，那都是闹着玩的啊。"

"是这样吗？"

伯爵感到，那双箭洞般的眼睛在渐渐缩小，从那里奔涌出锐利的黑暗。蓼科又一次说道：

"那个晚上，在北崎家……"

——北崎，北崎。伯爵极力想忘掉这个盘结于记忆中的名字，而蓼科尖利的嘴巴却紧紧咬住不放。

自那之后，他已经八年没有踏进北崎家了，如今连房屋的细微结构都清晰地浮现在眼前。那里位于山坡下边，既没有门楼，也没有门厅，宽阔的庭院围着板壁。大门内潮湿而又阴暗，似乎随时都会爬出一些鼻涕虫来。门口摆着四五双黑色长筒靴，靴子内侧沾满油污，可以一眼窥见暗红的皮革的斑点，由此翻向外侧的脏污的宽而短的带纽，写着主人的名字。粗暴响亮的高声歌唱一直传到大门之外。日俄战争正在激烈进行，这时候开办军人旅馆可是个安全可靠的职业了，赋予这座宅子质朴的外表和马厩的臊臭。伯爵被迎接到内宅，一路上就像通过传染病院的走廊一样，甚至连衣袖都害怕碰到廊柱。他对人的汗臭等身上的异味，打心底里感到厌恶。

那是八年前梅雨季节的一个晚上，送走来访的松枝侯爵，伯爵依然激情荡漾，一时难以平静下来。此时，蓼科察言观色，敏感地看穿了伯爵的心思。她说：

"北崎说了，他最近弄到一件好东西，务必请您欣赏一下。为了解解闷，那就今晚上去一趟吧，怎么样？"

聪子就寝之后，蓼科有"访亲问友"的自由，她同伯爵夜里在外面私会并不犯难。北崎热情迎接伯爵，摆上酒，捧出一卷古画恭恭敬敬放在桌子上。

"这里太吵闹啦，因为出征的军人今晚举办壮行会。虽然天气很热，还是把挡雨窗关上为好……"

主楼的楼上，人们正在尽情高唱军歌，和着节奏不住拍手。北崎有些顾虑，伯爵说那就关上吧。这样一来，反而包裹于一片哗哗的雨声之中了。屋里有一面源氏隔扇，上面那些色彩浓丽的绘画给这间屋子增添了令人窒息的扑面而来的妖艳气氛，仿佛这间屋子本身就在这幅秘籍之中。

北崎从桌子对面伸出满是疙皱的双手，小心翼翼解开画卷的紫色绳子，在伯爵面前首先出现的是一

段出色的画赞,并引用了《无门关》公案之一:

> 赵州至一庵主处,问:
> "有乎?有乎?"
> 主遂竖起拳头。
> 州曰:"水浅,非泊舡之处也。"
> 言罢,乃行。

那时,暑气蒸逼,就连蓼科由背后用团扇扇过来的风也像刚揭开的蒸笼,吹来一股股热气。等酒劲儿一上来,只觉得后脑勺里响着哗哗的雨声,外面的世界天真的人们传扬着战争的捷报。而且,伯爵在看春画来着。北崎的手在空中一划拉,抓住一只蚊子,接着,他便为惊动了客人而道歉。伯爵瞥一眼北崎苍白而干燥的掌心,只见粘着蚊子的黑点和鲜血,不由一阵恶心。这蚊子怎么没有叮咬伯爵呢?难道不管是什么都在着意保护他吗?

画卷上第一景是身披柿黄色法衣的和尚和年轻的小寡妇,两人对坐在屏风前边。俳画风格的笔致和洒脱流丽的线条，生动地描画出和尚一脸滑稽相以及那魁伟的男根。

接着，和尚突然向小寡妇扑过来，小寡妇刚想反抗，而衣裾已经紊乱。于是，两人光着身子搂抱在一起，小寡妇脸上一派平和。

和尚的男根如巨松盘根错节，他脸上露出惊惧而喜悦的神色，伸出焦褐色的舌头。小寡妇的脚趾用胡粉涂成白色，画面运用传统技法，使得每根脚趾都深深弯向内侧。互相缠绕的洁白的大腿战栗着，一直流贯到脚趾，紧紧扣在一起的趾尖儿仿佛憋足了一股劲儿，极力不让无限流泻的恍惚之感逃逸而去。在伯爵眼里，这女子显得很果敢。

另一方面，屏风外面小沙弥们站在木鱼和经桌上，有的骑着别人的肩膀，一心瞅着屏风里的风景，压抑不住昂扬的欲火，终于把屏风挤倒了。赤条条的女子捂着前面企图逃跑，和尚连斥骂的力气也用光了。由此开始，场面一片混乱。

小沙弥们的男根画得几乎等同身长。看来画家认为，用寻常的尺寸已经无法令人信服地表现出无尽的烦恼。他们一起向女子奔来的时候,各人脸上充满难以形容的悲痛怪异的表情,一起将自己的男根扛上肩膀,被压得东倒西歪。

一场苦役使得女子浑身苍白,猝然死去,魂魄飘飘,出现在随风乱舞的柳树荫里。女子化作一个以女阴为脸孔的幽灵。

这时,画卷的幽默消失了,弥漫着阴惨之气。已经不再是一人,而是好几个女阴的幽灵,头发蓬乱,张着血盆大嘴扑向一群男人。抱头鼠窜的男人们抵挡不住疾风般袭来的幽灵,包括和尚在内,他们的男根全都被幽灵们有力的大嘴咬掉了。

最后的情景是海滨。一个个失掉命根子的男人,赤裸着身子号啕大哭。一艘满载刚刚夺来的男根的木船离开海滩,驶向黑暗的海洋。众多女阴的幽灵站在船上,头发飘扬,纤手低垂,一起嘲骂岸上那些痛哭流涕的男人。指向远洋的船首,也雕刻成女阴的形状,尖端上的一绺阴毛随着潮风飞扬……

——伯爵看完了,心中充满莫名的阴郁。他酒兴方炽,心绪烦乱,越发不可收拾。他又要来一壶酒,默默喝了下去。

然而,眼底始终刻印着画卷上女人蜷曲的脚趾,还有那调情般的白色的胡粉。

此后发生的事情,只能说缘于那场梅雨阴森的溽热,以及伯爵的厌恶心情。

距离那个梅雨夜晚的十四年前,夫人正怀着聪子,伯爵曾染指于蓼科。当时蓼科已过四十,伯爵只能说是一时兴起,不久也就收场了。不料十四年之后,伯爵又和已经年过半百的蓼科旧情复燃,这一点他做梦也没想到过。自从那个夜晚之后,伯爵再也没有踏进过北崎家的门槛。

松枝侯爵的来访,被伤害的骄矜,梅雨之夜,北崎家的厢房,酒,阴惨的春宫画……看来,所有这一切都催发着伯爵的厌恶感,使他热衷于自我亵渎,干起了见不得人的勾当。

蓼科的态度丝毫没有拒绝的意思,这是惹起伯爵厌恶的关键。"这婆子打算等上十四年、二十年、一百年,她随时准备着,招之即来,而且情意缠绵,百般体贴。"……这事对于伯爵而言,完全是一时鬼迷心窍，或者出于极端的厌恶，跌跌撞撞进入幽暗的柳荫下，看到了等待已久的春宫画里的幽灵。

况且，这时的蓼科，她那一丝不苟的动作、谦恭的媚态，以及谁也无法匹敌的闺中教养所表现的矜持，一起和盘托出，同十四年前一样，对于伯爵依然具有一种威慑作用。

似乎事先串通好了，北崎再也没有露面。事后，他俩相对无言，雨声包裹着黑暗，军歌的合唱冲破大雨，这会儿，一句句歌词清晰地传进了耳眼儿。

> 铁血疆场，烽火连天，
> 护国使命，待君承担。
> 去吧，我忠勇的朋友！
> 去吧，君国的好儿男！

——伯爵忽然变成了孩子，欲将满心的愤懑一吐为快，于是，他把主人们之间的一些事情一件件全都抖搂出来，这些事情本不该让仆人们知道的。对于伯爵来说，他感到自己的愤懑之中也蕴含着祖上历代相传的愤懑。

那天，松枝侯爵来访，抚摸着过来行礼的聪子的娃娃头，也许趁着几分酒兴，他贸然地说：

"啊，小姐出落得实在漂亮，长大后真不知会多么出众呢！放心吧，叔叔给你找个好女婿。只要一切都交给我，保证给你找个百里挑一的如意郎君。这事用不着你父亲操心，叔叔我一定让你穿金戴银，嫁妆排成一里路长，摆摆绫仓家代代从来没有过的阔气。"

伯爵夫人倏忽蹙起眉头，当时伯爵只是柔和地笑着。

他的祖先没有对凌辱表露过微笑，而是稍许展现优雅的权威以示抗争。然而现在，家传的踢鞠废绝了，吸引世俗人等的诱饵没有了。真正的贵族，真正的优雅，并不想给他些微的伤害，对于充满善意的赝品无意识的凌辱，只能报以暧昧的微笑。面对新的权力和金钱，文化所浮泛的微笑里，闪烁着极其纤弱的神秘。

伯爵把这些对蓼科讲了，暂时陷入沉默之中。

他在考虑，当优雅复仇的时候，应该运用何种方法进行复仇。难道没有公卿家族那种香熏衣袖式的复仇吗？即用袖子遮掩着缓缓燃烧的香，整个过程几乎不见一星火色，悄悄变成了灰烬。凝结的香炷一旦点燃，就把微妙的含着馥郁香气的毒移入袖中，不知不觉沉滞在那儿……

因此，伯爵确实对蓼科说过："从现在起，一切都托付给你了。"

就是说，聪子成人后免不了要照松枝所说的由他来替她找婆家，要是那样的话，结婚之前就叫聪子同她所中意的男人睡觉，不管是谁，只希望他能守口如瓶。至于男子出身如何，一概不讲究。只有一个条件，必须是聪子所喜欢的人。绝不能让聪子以处女之身嫁给松枝介绍的女婿，这样就能暗暗给松枝一个釜底抽薪。但这种事不能让任何人知道，也不要跟伯爵商量，所有的过错都由蓼科一手包揽，一竿子到底。至于闺房秘密，蓼科是内行，伯爵要她极力教会聪子两种相反的本领：使那个同非处女睡觉的男人以为她是处女；反过来，使那个同处女睡觉的男人以为她是非处女。

蓼科听罢,一口应承下来。

"用不着您说,只管放心好啦,这两手我都熟。不论在女人行里串了多久的爷们,管保他看不出来。我一定尽早教会小姐。不过,这后一手又是为的什么呢?"

"为的是使那个同未婚女子偷欢的男人缺乏过大的自信。要是他以为睡过的是个黄花闺女,要为她担负责任,那就糟啦。这一点你也要多加留意才好。"

"您的意思我都明白啦。"

蓼科没有随便说声"遵命",而是十分郑重其事地承诺下来。

……

——刚才,蓼科说的就是八年前那个晚上的事。

伯爵很清楚,蓼科悲悲切切想要说的究竟是什么。凭蓼科这样的女人,她不会懵里懵懂地不知道八年前所承诺的事情已经发生意想不到的变化。对方是洞院宫家,虽说也是松枝侯爵做媒,但这是一桩关系到绫仓家东山再起的姻缘,一切都和八年前伯爵盛怒之下所预测的事态大不一样了。蓼科不顾这些，依然照老皇历办事，只能看作是有意而为之，而且还把秘密捅到松枝侯爵的耳眼儿里。

蓼科不惜暴露一切，决心孤注一掷，她打算向侯爵家公开进行报复吗？这是怯懦的伯爵所不敢想象的。抑或她不是针对侯爵家，而正是向伯爵本人发难吧？伯爵对此不管采取什么态度，总是有个把柄抓在蓼科手里，要是她把八年前枕头边的话告诉了侯爵，那就难办了。

伯爵不想再说些什么了，该发生的事已经发生，既然已经传入侯爵家的耳眼儿，自己即使招来对方的白眼，那也只好认了。话又说回来，侯爵也许会发挥强大的力量，想尽办法遮掩过去吧？看来只能听天由命了。

有一点伯爵是很明白的，蓼科虽然嘴里再三表明，但心中并没有道歉的意思。这个毫无悔意而服毒自杀的婆子，看她那一脸浓妆，宛若一只蟋蟀掉到白粉盒里，裹着紫红的睡袍，蜷缩着身子。她越是渺小就越使得整个世界都充满阴郁之气。

伯爵注意到这座屋子和北崎家的厢房一样大小。一想到这里,耳边立即响起沙沙的雨声,不合节令的溽热突然袭来,仿佛要使一切东西尽早腐烂。蓼科再次抬起涂满白粉的脸孔,似乎想说什么。那干瘪的布满疙皱的嘴唇内侧映着射进来的灯光,可以瞅见艳红的京都胭脂,看上去就像濡湿的口腔里充血一样。

蓼科究竟想说什么,伯爵自以为可以猜测到。蓼科所做的一如她自己要说的,全都和八年前那个夜晚有关,她的所作所为就是要使伯爵想起那一夜来,难道不是吗?她就是冲着自那以后再没关心过自己的伯爵来的……

伯爵忽然像小孩子一样,提出个残酷的问题:

"总之得救了,这比什么都好……不过,你一开始就真的想死吗?"

本以为她会发怒或大哭,没想到蓼科嫣然一笑。

"这个嘛……老爷要是叫我死,也许我就会真心去死。哪怕现在,只要您一声吩咐,我还可以再死一次。只是您明明说过的话,八年之后也许又忘了……"

四十二

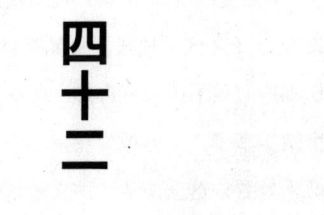

松枝侯爵会见绫仓伯爵，看他依然无动于衷的样子，实在感到泄气，但侯爵所提出的要求，伯爵一概接受下来，这又使侯爵重新振作起来。伯爵表示，一切都遵照侯爵的旨意办理，他说，有侯爵夫人同行，心里踏实多了，又能极为秘密地将一切委托给大阪的森博士处置，这太幸运了，真是求之不得。今后的一切还请侯爵继续给予关照。

绫仓家方面仅有一个谨小慎微的条件，侯爵不得不答应下来。就是聪子离开东京之前，很想见上清显一面。当然不是两人单独见面，而是有双方的父母在场。只是看上一眼，也就死心了。只要能见上这一面，聪子答应今后从此不再会见清显……这本来出自聪子个人的意愿，但做父母的也只能应允。绫仓伯爵犹豫了一下，就把这事提了出来。

为了使这次会面更自然些，侯爵夫人的同行是很起作用的。儿子送母亲出外旅行，这是很自然的，那时见到聪子说说话，也没有什么奇怪的。

事情一旦决定下来，侯爵采纳夫人的建议，将繁忙的森博士秘密请到东京来，十一月十四日，聪子出发前的一周之内，博士做客侯爵家中，暗暗监护聪子，一旦接到伯爵家的联络，立即跑去应急处理。

这是因为，聪子时时潜在着流产的危险。万一流产，博士就可以亲自处置，又绝不可对外部走漏风声。还有，漫长的大阪之行，一路都充满危险，博士暗暗在另外的车厢待机行事。

对这样一位妇产科专家颐指气使，剥夺人家的自由，侯爵是花了一笔大钱的。要是这些计划幸运地得到实现，那么聪子的旅行也就可以巧妙地躲过世间人们的耳目。为什么呢？因为妊娠中的女子坐火车旅行，这是世上谁都难以想象的一次冒险。

博士穿着英国制西服，他是个一丝不苟的时髦绅士。他身材既矮且胖，面孔的长相像一位大老板。

诊断时，枕头上铺一张高级奉书纸，每个病人诊断完毕，都要将纸胡乱团成团扔掉，重新铺上一张。这也是博士获得好评的一项内容。他待人热情、稳重，脸上总是带着笑意，找他看病的多是上流社会的妇女。他医术超群，嘴巴严谨得像个牡蛎。

博士喜欢谈天气，其他再没有什么别的话题。不过，今天他大谈什么"天气炎热"，什么"每下一场雨就变得更加暖和"，等等，特别富有魅力。博士喜欢写汉诗，他把伦敦见闻写成二十首七言绝句，编成《伦敦诗抄》自费出版。他戴着一颗三克拉的大钻戒，每次诊察之前，总是煞有介事地皱起脸孔，似乎很吃力地将戒指脱下来，随便扔在旁边的桌子上。然而，未曾听说博士将那枚戒指给忘了。博士的八字须始终像雨后的羊齿草一样，闪现着黯淡的光泽。

绫仓伯爵夫妇认为有必要带着聪子到洞院宫家告别一声，坐马车去太危险，只好请侯爵准备汽车，借山田的旧西服给森博士穿上，扮作执事，坐在助手席上，一同前往。幸好少亲王参加演习不在家，聪子只是在门厅向妃殿下行礼告别一下就回来了。一路上来往冒险，所幸没有出现任何意外。

十一月十四日出发在即，洞院宫传话过来，说要差遣事务官前来送行，绫仓家谢绝了对方的好意。就这样，一切都遵照侯爵的计划顺利进行。绫仓全家和松枝家母子在新桥车站会合，博士坐在二等车厢一角，彼此装作互不相识。鉴于是前往会见门迹的一次拜别之旅，行动光明正大，谁也不会怀疑，所以侯爵特为夫人和绫仓全家预订了展望车厢的车票。

由新桥开往下关的特快列车，上午九点半从新桥发车，抵达大阪需要运行十一小时五十五分。

美国建筑师布里奇斯设计、明治五年建造的新桥车站，内里以木柱为骨架，外壁用色彩斑斓的伊豆石砌成。如今石墙的颜色已经发暗，于十一月清澄的朝阳里鲜明地刻印着飞檐的影子。侯爵夫人想到回程时无人做伴，一个人孤孤单单，从现在起就有些紧张，所以她和紧抱着包裹坐在助手席的山田还有清显，几乎没有说话就到达车站了。三个人从停车的一侧登上高高的石阶。

火车尚未进站，左右线路夹持中的广阔的梭形月台，朝阳倾斜地照射进来，光线里飘舞着微细的尘埃。旅途的不安使得侯爵夫人接连不断地深深叹着气。

"怎么还没来？莫非出什么事了吗？"

夫人只管说着，山田的眼镜片里反射着白光，他只是恭谨地应付着，不知道回答些什么，夫人明知道他会这样，但还是禁不住要问。

"啊……"

清显看到心绪不宁的母亲，也没有一句安慰的话，他站在稍远的地方，呆然若失，一直保持着僵硬的立正的姿势。他觉得自己早已垂直地倒下了，只是失去了重心，身子飘浮在空气中，直立着浇铸在那里。站台上冷飕飕的，他穿着前襟镶着凸边的制服，挺着胸脯，苦苦地等待着，仿佛内脏都冻结在一起了。

列车露出瞭望车厢的栏杆，穿过闪闪的光带，颇为沉重地从后尾划入站台。这时候，夫人远远地从等车的人中看到了森博士的八字须，稍稍安下心来。直到大阪，除了特殊情况之外，他们同博士相约谁也不认识谁。

山田把夫人的提包拎进瞭望车厢，夫人似乎对他交代着什么，其间，清显透过车窗一直盯着站台，终于从杂沓的人群中看到了绫仓伯爵夫人和聪子。聪子和服的领口上裹着彩虹色的披肩，迎着站台顶棚边缘照射下来的阳光，她那一副毫无表情的面孔如凝固的牛奶一样洁白。

清显胸中躁动着悲哀和幸福的感情，他一看到聪子在她母亲的陪伴下步履极为缓慢的样子，刹那之间，他仿佛觉得是来迎接正在向自己走来的新娘子。这场婚礼进行得如此迟缓，好似点点滴滴郁积的疲劳，喜悦之情，拥塞心中。

伯爵夫人跨进瞭望车厢，将那个给她拎着提包的仆人撂在一旁，为自己的迟到不住道歉。清显的母亲自然也很客气地打着招呼，然而眉宇间似乎微微保留着高贵的愠色。

聪子彩虹色的披肩挡住了嘴角，始终躲在母亲的背影里。她和清显像往常一样互致问候，接着，立即应着侯爵夫人的招呼，在绯红的座椅上深深坐了下来。

清显这才明白聪子迟到的理由，无疑，她想尽量缩短两人会面的时间，哪怕一分一秒也好。想想也是，在这十一月苦药水一般清澄的阳光下，离别之际那种泪眼相对、无语凝噎的场景是多么漫长而难熬啊！两位夫人交谈的当儿，清显望着埋头枯坐的聪子，他害怕自己落在聪子身上的目光过于热烈和专注，但心里自然是希望深情地盯着她的。然而，清显更加担心的是，酷烈的秋阳灼晒在聪子的肌肤上，将会抹消脆弱的白嫩。清显深知，眼下自己所投入的力量和交递的感情，都要做得十分巧妙才好，但是自己的一番热情显得过于粗暴了。这时，他很想对着聪子低头谢罪，这种心情是他从来没有过的。

和服遮盖下的聪子的身体，每个角落都是清显所熟知的。浑身的肌肉哪儿最先羞怯得发红，哪儿细软又柔曲，哪儿透露着颤动，犹如被捕猎的天鹅不住抖动着翅膀，哪儿述说着喜悦，哪儿倾诉着悲哀……所有这些他所熟悉的部位，一律散放着朦胧的微光，使他得以从和服外面窥视聪子的身体。如今，只有聪子无意中用长袖掩护的腹部一带，那里萌生着他所不太知晓的东西。十九岁的清显缺乏对于孩子这一概念的想象力,只觉得那里有个令他捉摸不透的东西,紧紧包裹于幽暗而灼热的血肉之中。

尽管如此,唯一从自己身上通达聪子内部的东西,就盘绕在名叫"孩子"的那个部位,不久,那里就要被残酷地切断,两个肉体又成为永远互不相关的肉体了。对此,他一筹莫展,只能眼睁睁看着这种事态的出现。其实,"孩子"就是清显自己,他已经不具任何力量了。大家都高高兴兴去游山玩水,而他偏偏受到处罚,不得不留下看家。他那孩子般被迫留下的惶恐、懊悔和孤独,使得他浑身震颤不已。

聪子抬起眼睛,漠然注视着靠近站台一侧的窗户外面。清显痛切地感到,她的那双眼眸被来自内里的阴影全部遮挡住,已经没有映现他身姿的余地了。

窗外响起尖厉的哨音,聪子站起身来。清显看到她毅然而起,使出浑身的力气。伯爵夫人连忙挽住她的手臂。

"快开车了,赶紧下去吧。"

聪子的声音听起来是那样爽朗,似乎内心含着欢悦。清显和母亲互相叮嘱着,他叫母亲外出多加小心;母亲要他在家也要注意,等等。慌慌张张地你一句我一句,都是母子之间常见的问候话。清显竟能如此出色地扮演这种角色,他对自己甚感惊讶。

他终于离开母亲,同伯爵夫人做了简短的告别,似乎很自然地轮到聪子了,他对她说:"好了,多保重。"

他的话带着轻快的调子,同时伴随着轻快的动作,这时,似乎伸手搭在聪子的肩膀上也有可能。但是,他的手麻痹了,不能动弹了。因为这时候,清显看到聪子正直视着自己。

那双美丽的大眼睛看上去潮润润的,然而那种莹润似乎和清显所畏惧的泪水依然相距遥远。眼泪硬是被强忍住了。那是一位溺水之人径直向他投射过来的渴望救助的眼神啊!清显不由怯懦了。聪子修长俊美的睫毛,犹如一朵蓓蕾猝然绽开,向外部世界尽情展现着妍丽的鲜花!

"清少爷,您也多保重……祝您愉快。"

聪子一口端正的语调。

清显仿佛被赶下火车。这时，腰挂短剑、身穿五颗铜扣的黑色制服的站长举起手发了信号，车长再次吹响了哨子。

清显顾忌着身边的山田，心中继续呼唤着聪子的名字。火车轻轻滑动，犹如眼前的一团线卷打开，渐渐伸延开去。聪子和两位夫人立即远远离他而去，她们都没有出现在后尾的栏杆旁。发车时一股浓烈的煤烟向站台翻卷而来，周围弥漫着呛人的薄雾，似乎黄昏提早降临了。

四十三

一行人到达大阪的第三天早晨,侯爵夫人离开旅馆独自一人到附近一家邮局去发电报,因为侯爵再三叮嘱她要亲自发电报给他。

夫人这是生来第一次去邮局,样样都使她感到困惑不安。她联想起一位刚刚去世的公爵夫人,决心一辈子都不接触肮脏的金钱。她好容易照着和丈夫约定的暗语发了电报:

一切顺利拜望完毕。

夫人如释重负,她切实尝到轻松的快慰。她立即回到旅馆,收拾好东西,一个人从大阪乘上了回程的火车。伯爵夫人为了给她送行,暂时停止陪护聪子,暗暗溜出了医院。

聪子用假名住进森博士的医院,因为博士主张要她静养两三天。伯爵夫人一直陪着女儿，她的身体情况很好，但从那以后就一言不发，母亲为此十分焦虑。

住院本是为了万无一失，是一项甚为周到的措施。院长答应她出院时，聪子的身体已经显著好转，能够承受相当大的运动量了。妊娠反应已经消失，身心都很健康，可就是不肯开口说话。

按照原定计划，母女二人去月修寺辞别，在那里住一宿之后就回东京。她们十一月十八日过午，在樱井线上的带解站下了火车。这是个明丽的小阳春天气，一直为沉默不语的女儿担忧的伯爵夫人，这天的心情也好了许多。

为了不打搅老尼，没有预先告诉到达的时间。她们托车站的人雇了两辆人力车，可是车子迟迟不来。等待期间，夫人对站上的一切都很好奇，她把女儿一个人留在候车室，任她一味沉思下去，自己到悄无声息的车站周围转悠去了。

一块招牌立即映入眼帘，上面是介绍附近带解寺的文字：

日本最古老的一座祈求安全生产、母子平安的灵场

　　文德·清和两帝、染殿皇后敕愿之地

　　带解子安菩萨、子安山带解寺

　　幸亏没有被聪子看见，她想。等人力车一来就避开这里，叫车夫停在车场的最里面，让聪子到那里上车。对于夫人来说，这块招牌犹如在十一月晴明的风景中央，冷不丁滴落下来的一滴血。

　　带解车站白墙瓦顶，旁边有一口井，对面是一座古老的宅第，拥有高大的仓库和瓦顶板心围墙。仓库的白墙和板心泥墙，两种雪白相互映照，寂悄无声，犹如梦幻之境。

　　化霜后的道路呈现一片灰色，走在上面十分艰难。铁路沿线的一排枯树向对面渐渐升起，一直连接着跨越线路的小小桥梁。桥畔漾着一团漂亮的鹅黄色，十分诱人，夫人撩起衣裙登上坂坡。

　　那是放在桥畔的瀑布形金钱菊，一共有好几盆，

胡乱地摆在桥头晦暗的柳荫下。虽说是陆桥,但只是一座马鞍形的小小木桥,桥栏上晾晒着方格子印花棉被。那棉被饱吸着阳光,胀蓬蓬的,眼看就要蠢蠢欲动起来。

桥周围有民家,晾晒着襁褓,拉幅机上绷着红布,吊在屋檐下的一串串干柿子,依然保持落日一般润泽的颜色。到处不见一个人影。

伯爵夫人看到远方道路上慢悠悠向这里走来的两辆人力车黑色的车篷,急忙跑回车站招呼聪子。

天气晴朗,两辆人力车都卸掉了车篷奔跑着,穿过有两三家客栈的小镇,在田野里跑了好大一会儿,直奔对面的山峦而去。月修寺就坐落于山谷之中。

路旁的柿树只剩下两三片叶子,柿子压弯了枝条。所有的田里一律布满了稻架[1],很容易迷路。走在前头的夫人时时顾及着后面的女儿,她看到聪子将披肩叠放在膝盖上,转脖子望着周围的景色,稍稍放

---

[1] 稻子收割后,分别扎成小把,搭在木架上晾晒。

下心来。

进入山道,车子比人的步行还慢。两位车夫都是老人,脚步显然有些不稳。不过,夫人想,没有什么要紧的大事,一路上看看美景,倒也很惬意。

月修寺石砌的门柱越来越近了,进门有一段上升的坡道,透过芒草穗子可以看见碧蓝的天空,远方是一带低矮的山峦。除此之外就看不到别的景色了。

车夫停下车来擦汗,互相闲聊着,夫人的声音盖过了他们,她大声招呼着女儿:

"从这里到寺院的景物要好好记住,我们想来随时都能来。你将来身份变了,不是随便可以外出的人啦。"

聪子没有回答,她神情黯然地微笑着,轻轻点点头。

车子又出发了,这段路也是坡道,速度比刚才还慢,不过进了门迎面就是蓊郁的树林,阳光暗弱,浑身再也不见汗了。

刚才停车的时候,夫人的耳朵里传来一阵这个季节白昼的虫声。眼下,那唧唧虫鸣仍在耳边回响,而她的眼睛却被道路左边越来越多的鲜艳柿子迷住了。

灿烂的秋阳照耀着柿子,一根小枝条上结了一对柿子,其中一个柿子漆黑的影子遮盖在另一个柿子上。有一棵柿树,所有的枝条都密密麻麻缀满了鲜红的柿子。果实和花不同,只有残留的枯叶随风微微飘动,而果实却不为风力所动。因此,抛撒在半空里的众多柿子,犹如被钉子牢牢钉住一样,镶嵌于寂然不动的苍穹。

"看不到红叶,这是怎么回事啊?"

夫人像百舌鸟一样,高声地对后面的车子喊道,没有得到回答。

路边连一片发红的草叶都看不到,西边萝卜田和东边的竹林郁郁青青,十分惹眼。萝卜繁密的绿叶,映着日影重重叠叠。不久,西侧出现一条遮挡湖沼的茶树篱笆,上面缠络着缀满红果的蔓草。越过篱笆,可以看到巨大湖沼中沉淀的污泥。过了这里,道路立即黯淡下来,进入一排排老杉树的树荫里。遍照的阳光只能漏泄在树下的筱竹叶上,其中有一株秀丽的筱竹散射着耀眼的光亮。

浑身袭来一股寒气,夫人不再期望聪子会搭理她了,只好将披肩披在肩头,暗示后面的聪子。等她回头瞧着后边车子的时候,眼角里翻动着披肩的彩虹色。看来,聪子虽然闷声不响,但还是很听母亲的话的。

两辆人力车通过黑漆门柱之间的时候,道路周围已经充满浓厚的寺院内的气氛。夫人到达这里才初次见到红叶,不由赞叹起来。

黑漆大门之内有几棵树木的红叶,虽然还谈不上十分艳丽,但这种山坳里凝聚在一起的暗红色,宛如尚未得到彻底净化的罪愆,深深留在夫人的印象之中。

这种暗红突然像锥子一般扎向夫人心里,一想到后面的聪子,顿时不安起来。

红叶背后细瘦的松杉树木不足以遮蔽天空,树木之间还有一些红叶,承受着空中反射下来的阳光,宛若朵朵朝霞拖曳于伸展的枝条之间。走在树底下抬头一看,绛紫色的纤细的红叶片片相连,恰似透过胭脂红的边缘仰望着天空。

　　一条石板路从平唐门一直通向内院的门厅，伯爵夫人和聪子在门前下了车。

四十四

夫人和聪子自从门迹去年上东京同她见了面之后，整整相隔了一年。寺院里的一老告诉她们母女，门迹对她们这次来访感到十分高兴。娘儿俩正在十铺席大的房间里等待的时候，二老挽着门迹的手进来了。

伯爵夫人向门迹报告了聪子即将出嫁的事。

"恭喜恭喜，下次再来就要住进寝殿啦。"

门迹应道。寺院的寝殿是专门接待天皇家族的房子。

聪子自然是来辞行，总不能老是闷声不响，她简单地应和着，但看起来那副愁容却像是因为害羞引起的。当然，门迹温和、恭谨，没有露出什么怪讶的神色。夫人看见中庭摆着漂亮的菊花盆景，赞不绝口。

门迹说道:

"村里有位种菊花的,每年都送来菊花,还要唠叨着述说一番。"

她说着,吩咐一老将种菊人的话原原本本又说了一遍,什么这是一株单瓣的盆栽大红菊啦,那是一株鹅黄的管状菊啦,等等。

不久,门迹亲自陪伴母女二人到书院[1]去。

"今年红叶时节来得晚。"

门迹一边说,一边叫一老打开障子门,外面可以看到庭院里初枯的草地和美丽的假山。有几棵高大的红叶,树顶一律艳红,下面的枝条次第变成杏黄、鹅黄、浅绿,颜色越发淡薄了。树顶上的红色犹如凝结的紫黑的血块。山茶花初放,庭院的一角,百日红滑爽而虬曲的枯枝反而显得更加光洁耀眼。

她们又回到十铺席房间,门迹和夫人天南海北地聊起来,不知不觉短暂的一天就要过去了。

晚餐是丰盛的祝贺筵席,吃的是罕见小豆饭,

---

1 寺院内读书、讲经的地方。

一老和二老照顾得十分周全，可是，席间的气氛始终不够活跃。

"今日宫里举办'焚火'仪式吧？"

门迹说道。一老在宫中做事那阵子，曾经亲眼见过，火钵里烈焰熊熊燃烧，命妇们围着火钵唱诵咒文，说着她亲自表演了一番。

那是十一月十八日举行的古老仪式，在皇上面前，火钵的火焰燃烧得很旺，几乎舔着天花板，穿着白色褂裤[1]的命妇唱念道：

"烧吧，烧吧，快些烧吧！火神啊，快些烧吧！橘子、馒头，请享用吧！"

接着就把投进火里烧焦的橘子和馒头献给皇上。一老竟把这些宫闱秘事也抖搂出来，这是很不谨慎的行为。但是门迹只当是一老一心想使席间空气活跃起来才这么做的，所以没有妄加指责。

月修寺的夜来得很早，五点钟就关门了。药石[2]结束后不久，大家各自回卧房，绫仓母女被领进客殿

1　褂裤，女性参加宫中各类庆典的上下装礼服。
2　寺院的晚餐。

安歇。她们可以慢慢休息到明天午后，乘晚上的夜班车回东京。

只剩下她们母女两个人了，夫人本想提醒聪子，如此一天闷闷不乐有失礼仪。不过，想到自大阪以来聪子的心境，什么也没说就睡下了。

月修寺客殿的障子门，即便在黑暗之中也是肃然白净。十一月冰冷的夜气透过白纸的每一根纤维，看上去犹如漉进了粒粒白霜。门拉手用剪纸装饰着十六瓣菊花和云朵，浮泛着雪白的光亮。每根柱子的铆钉都盘结着六瓣菊花缠绕的桔梗，于黑暗之中牢牢固守着每一个重要的关节。无风的夜，听不见谡谡松涛，只感到外面是深山密林中的岑寂暗夜。

夫人思忖着，不论对自己还是对聪子，这桩令人身心交瘁的差事终于全部完成了，接着就可以静下心来，安安稳稳过日子了。眼下，身边的女儿虽然辗转难眠，但她很快就睡着了。

夫人醒来之后，身旁的女儿不见了。她在黯淡的曙色之中摸索着，发现连睡衣都叠得整整齐齐，放在床铺上。她一时心慌起来，心想，莫非去洗手间了？

先等等看。可转念一想，胸口一阵冰冷，心脏也麻痹了。她到洗手间看看，聪子不在那里，也不像有人起床的样子。天空一片朦胧的灰蓝。

这时，远处的厨房传来了响声，夫人走了过去，早起的用人见到夫人，一阵惊慌，连忙跪了下来。

"看见聪子了吗？"夫人问。

用人震颤着身子，一个劲儿直摇头，拒绝为她带路。

夫人茫然地在寺院回廊上走着，偶然遇见起床的二老，对她讲明了情由。二老大吃一惊，立即陪她去找。

回廊尽头是大殿，远远望见那里烛影闪动。平日里，不会有人一大早就去诵经的。两支绘着花车模样的画烛点燃着，佛前坐着聪子。夫人觉得从背影上已经完全认不出女儿来了，因为聪子自己削去了头发。那剪掉的青丝供在经案上，聪子手捻佛珠，专心祈祷。

夫人看到女儿还活着，立时放下心来。她又猛然记起，就在刚才她确信女儿已经不会活在人世上了。

"你削掉头发啦?"

夫人一把搂住女儿的身子。

"妈妈,我已经无路可走了。"

聪子这才第一次正视着母亲,一双眸子摇曳着蜡烛小小的火焰,眼角里辉映着银白的曙光。夫人从未见过女儿眼中射出的可怖的曙光。聪子手里一颗颗佛珠也含蕴着一样的白色光亮。这一串意志达于极致而丧失意志的冰冷的佛珠,一起渗出黎明的曙色。

二老立即将事件的始末转告一老,二老任务结束后随即告退。一老伴随绫仓母女来到门迹的卧室前边,打了声招呼:

"请问,起床了没有?"

"起来啦。"

"打扰啦。"

拉开隔扇一看,门迹趺坐在被褥上。伯爵夫人满心惆怅地说道:

"聪子刚才在大殿里自己削去了头发……"

门迹遥望着隔扇外面,眼见聪子憔悴的面容,丝毫没有露出惊愕的神色,她说:

"果然不出所料,我早就想到这一点啦。"——片刻,她又若有所思地请伯爵夫人暂时回避,好让聪子敞开心扉,诉说衷肠。于是,夫人和一老随即退去,只把聪子留在屋里。

这期间,一老一直陪侍着被撂下的夫人,然而夫人对早餐一动未动,一老深知她心中的苦楚,转着弯想为她分忧,可是找不到一个她所喜欢的话题。过了很长时间,门迹来召唤了。于是,夫人面对亲生女儿,听着门迹那出乎意料的话语。原来,聪子遁世之志已决,月修寺打算接纳聪子为随侍弟子。

本来,夫人独自一人待着的时候,将所有弥补的办法都想到了。无疑,聪子决心已定,不过,只要设法阻止她剃度,哪怕头发需要几个月或半年才能长起来,那么这段时间可以用"途中染病"的名义对付过去,以此为由请对方延期举行纳彩仪式,然后凭借伯爵和松枝侯爵的辩才,或许能够说服聪子回心转意。听了门迹一番话,夫人的这种心情不但没有减弱,反而更加炽烈起来。平素,要成为一名随侍弟子,必须按程序,先修行一年,然后才有可能在得度式上接受剃度,不论怎样,这一切都取决于聪子头发的生长情况。假如聪子及早幡然悔悟……夫人心里涌出一种奇想,她甚至思忖着,要是巧于应对,哪怕凭着一顶精致的假发也能闯过纳彩这一关。

"您的意思我明白,只是旅途中突然出现这种事,因为累及到洞院宫家,所以必须马上赶回东京,同我家丈夫商量之后再作处置,不知您意下如何。这段时间,聪子就只好交给您啦。"

对于母亲的话,聪子连眉梢都没有动一动。母亲感到,即便对亲生女儿说话也大意不得。

四十五

如此重大的变故，绫仓伯爵从返家的夫人嘴里听到之后，整整拖延了一周时间，什么事情也没做，因而激怒了松枝侯爵。

松枝家里本以为聪子早已回来，并且向洞院宫那里及时通报了回京的情况。对于侯爵来说，这种疏忽是从未有过的。夫人回京后，听到她的报告，侯爵本以为一切计划都圆满完成，对以后的进展也就抱着极乐观的心情。

绫仓伯爵只是听其自然罢了，相信事情最坏的结果，未免有些低级趣味，所以还是不信为好。代之而来的只有得过且过，马虎了事。尽管眼看事情顺着下坡路缓缓下滑，但对于鞠球来说，掉落下来是常态，不值得大惊小怪，愤怒和悲哀同某种热情一样，是缺乏高雅情趣之心所犯的过错。而且，伯爵决不缺少这种高雅。

但就是一味拖延，饱享时光微妙的蜜滴，较之接受潜隐于所有决断之中的鄙俗更见雅量。不管多么了不起的事情，只要放置不管，自然就会因放置而产生利害，就会有人站到自己一边。这就是伯爵的处世哲学。

待在持有如此想法的丈夫身边，夫人在月修寺所感到的不安也日渐淡漠起来。这阵子，所幸蓼科不在家，因而不会轻举妄动。在伯爵的关照下，蓼科为了病后静养，一直住在汤河原温泉旅馆。

一周之后，侯爵问起此事，伯爵再也不能隐瞒下去了，他在电话里告诉松枝侯爵，说聪子根本没有回家来。侯爵一时无言以对。此时，所有不祥的预感一起在他心里涌现。

侯爵随夫人立即拜访绫仓家。一开始，伯爵回答问题模棱两可，等真相大白后，松枝侯爵火冒三丈，一拳头砸在桌子上。

绫仓家只有一间西式房间，是由十铺席的和式房间草草改造而成的。两对夫妇在长期的交往中,从来没有像现在这样暴露过赤裸的面孔。

话虽如此,但两位夫人背过脸去,各人只顾偷眼瞧着自己的丈夫。两个男人虽说面对面,但伯爵只是俯首不语,扶在桌布上偶人般的手又白又小。而侯爵呢?虽说他内里缺乏旺盛的精力,但眉宇之间倒竖着暴怒的青筋,满脸通红,凶神恶煞。在夫人们的眼里,伯爵是绝对不可能占上风的。

事实上,一开始暴跳如雷的侯爵骂着骂着,觉得自己气势汹汹,一直占上风,到最后连自己也觉得没趣。眼前的对手只是一个极为阔懦孱弱的敌人。他面色灰白,一副又黄又瘦的牙雕般的脸孔,带着薄薄的严整的棱角,说不上是悲戚还是困惑,只是一味地闷声不响。温驯的眼睛,刀刻般的双眼皮,使得眼窝愈加陷落,神色愈加寂寥,如今在侯爵看来,更像是女人的眼睛。

伯爵将身子斜倚在椅子上,一副慵懒、倦怠、无所用心的风情里,清晰地透露出那种为侯爵的血统所缺少的深受伤残的古老纤弱的优雅影像。那是一具备受污秽侵染的有着洁白羽毛的鸟儿的亡灵!它的鸣声虽然十分悦耳,但是肉质粗劣,不堪食用。

"好可叹啊!好无情啊!哪还有脸面晋见皇上,面对国家!"

盛怒难犯的侯爵只顾罗列这些厉害的字眼,然而他也感到这根愤怒的缰绳快要绷断了。对于这位决不辩白、决不付诸行动的伯爵来说,一切愤怒只能归于徒劳。不仅如此,侯爵慢慢发现,越是愤怒,这种激情越是反弹到自己身上来。

不能认为伯爵一开始就有这样的企图,但他一味无动于衷,不管面临如何可怕的结局,伯爵都认为这是对方一手造成的,他坚守这样的立场不变。

本来是侯爵为了对儿子施行文雅的教育才来拜托伯爵的,这次的祸端无疑也是清显肉体的欲望惹起来的。虽然可以说,清显的精神自幼受到绫仓家的毒害,但受害的根本原因在于侯爵自己。而眼下这个关键时刻,不顾结果如何,硬把聪子送到关西的也是侯爵……如此看来,侯爵的一腔怒火到头来不得不烧到自己身上。

最后,侯爵焦灼不安,他浑身疲惫,黯然无语。

房子里的四个人都沉默了,似乎都在潜心修行。白昼的鸡鸣响彻了庭院,窗外初冬的松树每当风儿掠过,就会晃动着神经质的针叶。瞅一眼这座客厅不平凡的气氛,整个房间没有一点声响。

绫仓夫人终于开口了:

"都怪我太大意啦,实在对不起松枝先生。事已如此,只好使聪子尽快回心转意,纳彩仪式也照旧进行。"

"头发怎么办?"

松枝侯爵急切地反问道。

"这个嘛,订做一副上好的假发,悄悄瞒过世人的眼目……"

"假发?倒是没有想到呀!"

大家立即谈论起来,侯爵高兴地大声嚷起来。

"可不是,怎么没想到呢?"

侯爵夫人也随着丈夫鹦鹉学舌地加了一句。

接着,大家趁着侯爵高兴,你一言我一语谈论起假发来了。客厅里笑语喧哗,对于这样一条妙计,四个人就像看到投过来的一小片肥肉，你争我夺，闹得不可开交。

但是，四个人对于这条妙计相信的程度大有差别。至少绫仓伯爵根本不相信这办法能起多大作用。在不相信这一点上，松枝侯爵也许和他一样。不过侯爵可以凭借威仪装作相信的样子，伯爵也立即仿效起他的威仪来了。

"少亲王总不至于触摸聪子的头发吧？尽管他多少会泛起疑惑。"

侯爵笑了，他极不自然地悄声说道。

四个人围绕这场虚伪一时亲密起来了。他们至今已经明白，这种场合最急需的正是如此有形的虚伪。谁也没有想到聪子的心情，唯有她那一头青丝，直接关系着国政大事。

松枝侯爵的上一代凭借无敌的膂力与热情，为明治政府的建立做出贡献，由此所获得的侯爵家的名誉，如今竟然取决于一个女子的头发，要是先人地下有知，该是如何失望啊！这种微妙而阴湿的伎俩，并非松枝家的看家本领，这本属于绫仓家的。既然被绫仓家所持有的那种早已消亡的虚假优雅和美丽特质所吸引，那么，如今，松枝家就不得不承担由此招来的后果。

不过，那现实中尚未存在的假发只不过是梦幻中的假发，同聪子的意志毫无干系。可是，就像拼图玩具，只要把这副假发严丝合缝地镶嵌进去，就可以把事情做得完美无缺，八面玲珑。因此，侯爵将一切寄托于这副假发之上，并为之朝思暮想。

大家围着这顶看不见摸不着的假发议论不止，达到忘我的地步。纳彩时要戴垂形假发，而平时要戴束扎形假发。人眼无处不在，聪子即使入浴也不可随意摘掉。

人人心里都在描绘聪子应该佩戴的假发，它比真发还要光洁、流丽，如射干果一般乌黑闪亮。它就是强加授予的王权。浮泛于宇宙中梦幻般黝黑的发型，散射着耀眼的光芒。它是浮游在白昼光海之中的夜的精髓……假发下面应该嵌入一副美艳而悲凉的脸庞，那是一件很困难的事情，四个人虽说都想到了这一点，但并没有仔细考虑。

"还要劳驾伯爵亲自跑一趟,认真严肃地劝说一番。夫人也要再辛苦一次,我让内人再陪同一道去。说真的,本来我也应该去一趟的,不过……"侯爵有些碍于体面,"要是我也去,社会上又不知会出现什么风波。我还是不去了吧。这次旅行要绝对保密,内人不在,就对外面说是生病。我在东京想办法找一位技艺高超的工匠,秘密做一顶精致的假发。要是被嗅觉敏锐的新闻记者知道了,那就糟啦。所以这一点,就请交给我吧。"

四十六

清显看到母亲又要外出旅行感到很奇怪，母亲也不说到哪儿去，办什么事，临行时只是叮嘱他不许告诉别人。清显感到聪子可能又出事了，可身边有山田监视着，一切都由不得自己。

绫仓夫妇和松枝夫人到达月修寺，碰到一件出乎意料的大事：聪子已经剃度了！

——如此急剧的落饰[1]是经过如下的一个过程：

那天早晨，门迹听了聪子所说的一切，即刻想到聪子除了剃度无路可走。这座寺院有着由皇族出任门迹的传统，她作为一寺之长，一切以圣上为至尊，

---

1 贵人剃发出家为僧尼。

尽管一时有违圣上的旨意，但她认为，除此之外再没有别的办法能够维护圣上尊严，只好强行接受聪子为随侍弟子。

既已得知有欺瞒圣上的企图，门迹就不能放置不管；既已得知乔装打扮以掩盖其不忠，门迹就不能熟视无睹。

于是，平时如此谦恭、温良之老门迹，如今变得意志坚定、威武不屈起来。为了默默维护圣上之神圣，她敢于对抗现世的一切，必要时甚至决心违抗圣上的旨意。

聪子看到眼前这位门迹决心如此之大，她最后又进一步立誓要舍弃尘缘。此事她已考虑良久，但聪子着实未曾料到门迹会如此满足她的心愿。聪子遇上佛了。聪子意志坚定，门迹高瞻远瞩，凭借自己的仙眼，洞察了聪子的内心。

按规定，剃度仪式前要有一年的修行时期，但眼下这种情况，无论门迹还是聪子，都一致认为要尽早落饰，不过门迹还是主张在绫仓夫人返回之前暂不施行。门迹的心思是，至少使清显对聪子残存的香发，保留一份珍惜和向往。

聪子十分着急。她每天都央求剃度,就像小孩子缠着母亲索要糖果一般。门迹终于让步了,她说:

"一旦剃度,就不能再见清显少爷了,你能做到吗?"

"能。"

"你要是今生今世决心不再见他,我就为你剃度,可不许后悔呀!"

"我不后悔,在这个世上,我决心不再同他见面。我已经同他彻底分手了。所以,就请……"

聪子用清亮的毫不动摇的语调说。

"真的可以吗?那么,明天早晨就为你剃度吧。"

门迹还是给她留下一天考虑的时间。

绫仓夫人没有来。

这期间,聪子自动投身于寺院修行生活之中了。

法相宗偏重教育,这个宗派较之"行"更重于"学"。尤其具有明显的国家祈愿寺的性质,不保有施主。门迹有时开玩笑说:"法相宗根本不知道什么叫

'感谢'。"因此,在只知依托佛陀之本愿的净土宗兴旺之前,没有"感谢"随喜的眼泪。

再说,大乘佛教本来就没有像样的戒律,只是援引小乘教作为寺内的规章,对于尼寺来说,是以《梵网经》的菩萨戒,亦即杀生戒、盗戒、淫戒、妄语戒为起始,以破法戒为终结的四十八戒作为一般戒律。

实际上,较之戒律更重修行。这几天以来,聪子早就把法相宗的根本法典《唯识三十颂》和《般若心经》背熟了。她一大早就起来,赶在门迹诵经之前,把正殿打扫完毕,跟着门迹一道念经。她已经不再是客人,接受门迹委托的一老在指导聪子时也变得严厉起来。

举行得度式那天早晨,聪子净身,着墨衣,在正殿捻佛珠,双手合十。门迹首先用剃刀剃去一绺头发,然后一老接手,动作娴熟地继续剃完。其间,门迹口诵《般若心经》,二老和之,曰:

观自在菩萨。

行深般若波罗蜜多时。

照见五蕴皆空。

度一切苦厄……

聪子也跟着一同唱诵,她双目紧闭,其间觉得肉体之船渐渐卸去重荷,启碇出海,乘着浓重而丰厚的唱经之声的波涛,漂向远方。

聪子继续闭着眼睛,清晨的正殿冷若冰室,自己飘荡而去,身子周围布满清泠的冰块。突然,庭院里传来一声百舌鸟尖厉的鸣叫,这些冰块如电光一闪,豁然开裂,紧接着又重新合为一体,变得洁净无瑕了。

剃刀在聪子的头皮上周密地划来划去,有时像小动物尖锐的白色门齿啃咬着,有时又像悠闲的食草兽的白齿,不慌不忙地咀嚼着。

随着一绺绺头发掉落下来,聪子的脑袋有生第一次感到如此清凛的寒凉。自己和宇宙之间夹持着的那层燠热的充满阴郁烦恼的黑发剃掉了!从此,头盖骨周围展开一片谁也未曾触摸过的新鲜、寒冷而清净的世界。剃去的部分逐渐扩大,冰冷的头皮也随之扩大,犹如涂上一层薄荷。

头上凛冽的寒气,好比月亮那样死寂的天体径直毗连着宇宙浩渺的空气,其感觉或许就是如此吧?头发似乎就是现世本身,渐渐颓落,颓落下去,变得无限遥远。

对于某种东西来说,头发是一种收获。那一头包蕴着夏日令人窒闷的阳光的黑发,被剃掉了,落在聪子的身体外侧。然而,这是徒劳的收获。因为如此光艳的黑发,于脱离身体的一刹那变成一堆丑陋的头发的遗骸。曾经关联着她的内部和美丽的东西,一丝不留地丢弃到体外了。就像一个人,丢掉了手,丢掉了腿,聪子的现世剥离而去了……

当聪子只剩下一颗青须须的光头时,门迹带着怜悯的口气说:

"得度之后的出家最重要,你眼下的觉悟实在令人佩服。从此以后你只要静心修行,一定能为尼僧增光。"

——以上就是迅速剃发的经过。然而,无论绫仓伯爵夫妇还是松枝夫人,对于聪子改变身份虽然感到震惊,但是仍旧不肯善罢甘休,因为还可以用假发挽回残局。

四十七

来访的三个人中，唯有伯爵始终带着一副温和的笑意，不紧不慢地同聪子和门迹山南海北地聊着，听他的口气，一点都没有促使聪子悔悟的意思。

松枝侯爵每天都打电报来询问商谈的结果如何，到头来绫仓夫人哭着求聪子，也还是毫无作用。

第三天，绫仓夫人和松枝夫人将一切交代给伯爵，她们回东京了。伯爵夫人实在太累了，回到家就睡了。

其后，伯爵一人待在月修寺，无所事事地度过了一周。他害怕回东京。

由于伯爵没有一句劝解聪子还俗的话语，门迹对他也就失去了警惕，给了聪子和伯爵两个人留下单独会面的机会。但是，一老却若无其事地暗地里窥探着父女二人的样子。

父女二人一直打坐在冬日阳光照耀下的廊缘上,相对无言。透过枯枝可以看到迷离的云影和高悬的蓝天。鹡鸟飞临百日红的枝头,嘎嘎鸣叫。

父女二人默默对坐了好长时间,之后伯爵泛着微笑讨好似的说:

"你这样一来,爸爸我今后就无法在世上露面啦。"

"原谅我吧。"

聪子毫不动情地淡然回答。

"这座院子有各种鸟飞来呢。"

过了一会儿,伯爵又开口了。

"是的,各种鸟都到这里来。"

"今早出外散步时,看到柿子被鸟啄了,熟透之后掉落下来。"

"是的,是这样的。"

"眼看就要下雪啦。"

伯爵说着,没有得到回应。父女二人各自望着院子,沉默不语。

第二天早晨,伯爵终于离开了。松枝侯爵迎来一无所获而回京的伯爵,他也不再发怒了。

这天已是十二月四日,离纳彩仪式只有一周了。侯爵把警视总监叫到家里,企图借助警察的力量夺回聪子。

警视总监给奈良的警察下达了绝密的指令,但是如果踏进由皇家担当门迹的寺院,就有同宫内省发生摩擦的危险。这座寺院享受皇家的岁银虽然只有千元,但谁也不敢用指头碰它一下。于是,警视总监带着随从西下,非正式地私访月修寺。门迹看到经一老之手递上来的名牌,连眉毛都没有扬一下。

警视总监受到茶水招待,听门迹讲了一个小时的话之后,慑于威压,随即退了出来。

松枝侯爵所有的手段都使出来了,他觉悟到只有向洞院宫请求退婚这一条路了。洞院宫经常派遣执事到绫仓家来,很为绫仓家莫名其妙的应对大伤脑筋。

松枝侯爵把绫仓伯爵召到自己家里,对他讲清利害,面授机宜。按照侯爵的想法,他找名医为聪子开具一份证明"强度神经衰弱"的诊断证书，送到洞院宫家，将这件事当作洞院宫同松枝、绫仓两家之间的闺阃秘事。亲王一旦意识到为了共同保密，必须互相信赖，自然就会减消怒气。而且，还可以在世间造成一种假象，即由于洞院宫原因不明的突然退婚，聪子因厌世而遁入空门。通过这种因果颠倒的手法，一方面使得洞院宫家即便招来些怨艾，亦可保全脸面和威严；另一方面，绫仓家虽然不太光彩，但也能换得世人的同情。

可是，这事不能做得过头，要是太过分了，过多的同情都集中于绫仓家一方，洞院宫家就不得不挑明真相，以挽回无缘无故失去的民心。最重要的是，不能让新闻记者的注意力集中到洞院宫退婚和聪子落饰两者之间的因果关系上。只能将这两件事一起提出，时间有个先后就行。尽管如此，记者还会追根问底，到那时候，只要带着不得已的样子闪烁其词，将前因后果忽悠过去，但得使他们不往这方面着笔就可以了。

双方商量妥当，侯爵立即给小津博士挂电话，请他火速秘密前来松枝侯爵宅第出诊。小津脑科医院接到如此显贵之家的突然邀请,对保守秘密十分注意。但博士迟迟未到,这个时候,侯爵当着因故留下来的伯爵的面,已经掩饰不住内心的焦急,然而,又不便派车迎接,所以只好等待下去。

博士来了,被接到洋馆楼上小客厅,壁炉里火焰熊熊燃烧,侯爵略作自我介绍,又介绍了伯爵,然后递上一支雪茄。

"病人在哪里?"

小津博士问。

侯爵和伯爵对望了一下。

"其实,她不在这里。"

侯爵回答。

一听说要叫他给一个未见面的病人开具诊断书,小津博士勃然变色。更使他气不过的是,侯爵认定他肯定会一口答应,小津博士似乎从侯爵的眼神里看出了他的心思。

"为何提出如此无礼的要求?你们以为我和那些帮闲医师一样,被金钱糊住了眼睛吗?"

博士问道。

"我们决不认为先生是那样的人。"侯爵从嘴边拿下雪茄,在屋子里转悠了一会儿,远远望着博士,壁炉的火焰照耀着博士那副圆活的不住抖动的脸庞。侯爵深情而镇定地说:"为了请圣上放心,必须有一份诊断证书。"

松枝侯爵一拿到诊断书,及早趁着洞院宫方便之时,连夜赶到王府拜访。

幸好,少亲王参加联队演习不在家,由于事先表明有件东西特别需要治久王殿下亲自过目,因而妃殿下也没有在座。

洞院宫拿出法国贵腐酒待客,他兴致勃勃地谈起今年到松枝宅第赏樱等乐事。他们好久没有在一起促膝畅谈了,侯爵谈起一九〇〇年举行奥运会时,他们在巴黎的一些往事,还乘兴提到那座"香槟酒喷水之家"的情景,以及各种遗闻逸事,仿佛这个世界没有任何烦恼可言了。

然而侯爵一眼看出,尽管洞院宫威风凛凛、光彩照人,但内心却怀着不安和恐怖,等待着侯爵开口。

再过几天就要举行纳彩仪式了,但他自己对这事不置一词。他那潇洒的半白髭须沐浴着灯光,犹如太阳照耀下的疏林,嘴角边不时闪过困惑的阴影。

"说实在的,半夜里突然前来打扰,"侯爵故意带着轻佻的语调切入正题,宛若一只悠闲的小鸟,身子轻灵地径直跃入了巢箱,"真是不知如何说明才好,报告您一件不幸的事情,绫仓家的姑娘染上了脑病!"

"啊?"

洞院宫吃了一惊,睁大眼睛。

"绫仓这个人,他居然一直瞒着,没有同我商量,为了顾全自家名声就把聪子送去当了尼姑。他直到今天还没有勇气将真相向殿下说清楚。"

"怎么会呢?赶在这个时候。"

洞院宫紧咬嘴唇,髭须随着嘴唇的形状贴伏着,目光直视伸向壁炉的皮鞋尖。

"这是小津博士开的诊断书,写的日期是一个月之前,绫仓连我都给瞒住了。一切都是因为我考虑不周引起的,真不知该如何道歉才好……"

"生病是没法子的事,可为什么不早说呢?原来关西之旅就是为了这个。怪不得,她来辞行的时候脸色就不太好,妻妃一直为她担着心呢。"

"因为脑子有病,从今年九月起就有种种怪异的举动,我现在才听到这些情况。"

"既然如此,也就无法可想了。明天赶快进宫请罪,圣上会说些什么呢?到时候把诊断书也呈请御览,那就借用一下吧。"洞院宫说道。

殿下一句也没有提到治典少亲王殿下,表现了亲王一副豁达的胸襟。侯爵到底是侯爵,这期间,一直目无旁顾地紧盯着洞院宫表情的变化:一股黑暗的波涛漂漂荡荡,轰然而起,随即深陷下去,眼看就要平复了,不料又高高飞蹿上来。几分钟之后,侯爵觉得可以放心了,最为恐怖的瞬间过去了。

当天夜里,侯爵留下一起商量善后对策,妃殿下也来参加了。直到深更半夜侯爵才退出王府。

翌日早晨,洞院宫准备进宫朝见圣上,这时少亲王参加演习回府了。洞院宫把少亲王叫到一间房子里，告诉他事情的原委，少亲王年轻英武的脸上不见一丝动摇之色，只说了声"一切听凭父亲王处置"，既无一点怨怼，也不见丝毫的懊悔。

彻夜的演习太累了，他送走父亲王之后就匆匆钻进卧室，但看样子还没有入睡，妃殿下来探望儿子。

"是昨晚松枝侯爵前来报告的吧？"

少亲王抬头对母亲问道，他彻夜未眠，眼中布满血丝，但依然强忍着，像平素一样。

"是的。"

"不知怎的，我又想起我当少尉时宫中发生的那件往事，以前我曾经对您说过。我进宫时在走廊上偶然遇见山县[1]元帅，我不会忘记，那是外苑宫殿的走廊。元帅大概刚刚晋见了圣上，他像平时一样，穿着普通的军服，外面是宽领外套，戴着军帽，帽檐压得低低的，两手随便插在裤兜里，军刀几乎拖到地上，大模大样在幽暗的长廊上迎面走来。我赶快躲在一旁，

---

[1] 山县有朋（1838—1922），日本近代陆军奠基人。

直立不动，郑重地向元帅敬礼。元帅用他那决不微笑的锐利的眼睛，倏忽瞅了我一下。元帅不会不认识我，可是他立即不悦地转过头去，也不肯还礼，依旧傲慢地高耸着肩膀，迅速离开了走廊。不知为何，我现在又想起了这件事。"

——报上刊登着题为《洞院宫府因故退婚》的消息，以及世人翘盼已久、准备大肆庆祝一番的纳彩仪式停止的报道。家中发生的一切事情都瞒着清显，他是从报纸上看到的。

四十八

这桩事情公开之后，侯爵家对清显的监视越来越严了。上学时，山田执事跟在后头监护。那些不知底里的同学看到这种像对待小学生一样护送上学的做派，人人都瞠目而视。并且，自那以后，侯爵夫妇同儿子见面也一概不提这件事。松枝家所有的人都装聋作哑，好像什么事情也没有发生。

社会上闹得沸沸扬扬，即便学习院有相当地位的人家的子弟也丝毫不知道事情的真相，甚至有人请清显谈谈对这件事的感想，清显感到很惊讶。

"世人似乎都同情绫仓家，但我以为，这件事伤害了皇族的尊严。不是说后来知道聪子小姐脑子有病吗？那怎么没有及早发现呢？"

清显不知道该怎么回答，有时本多从旁边为他帮腔。

"有病嘛,自然是出现症状之后才会知道生病的啊,得啦,不要再像小女生那样嚷嚷个没完没了啦。"

不过,这种硬充"好汉"的假象,在学习院是通不过的。首先,要成为一个消息灵通的人士,给这种谈话下个像样的结论,其家庭必须有一定的名望,但本多家不够格。

能够自豪地说出"那是我表妹"或者"那是我伯父小老婆生的儿子";最好同犯罪和丑闻多少有些血缘关系而又丝毫没有受伤害,以显示自己高贵的麻木;摆出一副冷漠的面孔,时不时模棱两可透露一些和世上的传说不一样的内幕消息,只有这类人才有资格做消息灵通的人士。

这所学校连十五六岁的少年都会说:

"内府对这事很头疼,昨晚给 father 电话商量来着。"

或者就是:

"说什么内务大臣患感冒,其实呀,是进宫时太慌张,一脚踏空马车踏板,扭伤了。"

但奇怪的是，这次事件证明清显常年以来实行的秘密主义获得了成功。没有哪个同学知道他和聪子之间的关系，也没有人清楚松枝侯爵是如何参与此事的。绫仓家的亲戚中有一位公卿华族出身的，他始终认为美丽聪明的聪子小姐不会得什么脑病，他的话反而被看作为自己的血缘关系辩护，因而遭到大家的嘲笑。

不用说，所有这一切都不断伤害着清显的心灵。但是，比起聪子所蒙受的来自社会的诋毁，他自己并未受到别人的谴责，尽管暗自伤悲，也只能说是一个卑怯者的苦恼。同学们每当谈到这件事或提起聪子来，他就仿佛看见聪子的姿影遥远而崇高地伫立于公众面前，默默闪耀着她那光辉的洁白，犹如在澄澈的清晨，站在二楼教室的窗口，眺望严冬季节远山的雪峰。

远山峰巅闪耀的洁白只辉映于清显的眼睛，只照射着清显的心扉。聪子将一切罪愆、耻辱和癫狂全部一人承担下来，从而洗清自身，变得一尘不染了。可是他呢？

清显有时真想周游四方，大声诉说自己的罪愆，然而这样一来,聪子好不容易做出的自我牺牲就白费了。那么,所谓真正的勇气难道就是不顾舍弃聪子的牺牲,也要极力摆脱良心的重荷吗?或者说,正确的坚忍就意味着耐着性子、默默过着眼下囚徒般的生活吗?对他来说,这两者实在难以分辨清楚。但是,不管心中郁积多少苦恼,也要一无作为地默默坚忍,这种状态符合父亲和全家人的愿望,可是清显很难做到。

无为和悲哀对于以往的清显来说,本是头等亲密的生活元素。他总是乐此不疲、涵泳其中,然而,他是在何处失去这种能力的呢?就像稀里糊涂把雨伞忘在别人家里一般。

对于今天的清显来说,为了忍受悲哀和无为需要满怀希望,因为没有出现希望的苗头,所以自己就主动创造希望。

"关于她发狂的谣言毫无疑问是假造的,这事根本不可置信。那么,她的遁世和落饰也许是假装出来的。就是说,那只不过是为了躲避嫁给王府所采取的权宜之计,还是为了我,她那样孤注一掷,扮演了一出假戏。两人虽然天各一方,但只要齐心合力,静静等待着世间的谣诼慢慢平息就好了。她连一张明信片都不肯发来,如此沉默难道还不足以说明这一点吗?"

假如清显相信聪子的性格,就不会有这种想法,要是聪子的负气不过是清显的怯惰所描绘的幻影,那么,其后的聪子就是他怀抱中融化的雪。他只盯着一种真实,其间,他相信过去不断使得这种真实一直存续下来了,并且相信这种虚假的真实还会永远继续下去。那时,他寄希望于欺瞒之中。

因此,这种希望里有着卑下的影子。因为他如果想描画一个美好的聪子,他就不会有希望的余地。

他水晶般坚硬的心,不知不觉被亲切而富于怜悯的夕阳染红了。他想给人以关怀。他巡视着周围。

有个同学出身于旧式家庭,也是侯爵的儿子,大家都叫他"妖怪"。传说他得过麻风病,但学校是不收麻风病患者的,所以,他肯定生过其他非传染性的病。头发掉了一半,脸色灰白,没有光彩,驼背,在教室里被特别允许戴制帽,帽檐拉得很低,没人见过他究竟长着什么样的眼睛。他不断刺啦刺啦吸溜着鼻涕,对谁也不理睬,一到休息时间,就抱着书本跑到校园边的草地上坐着。

清显本来就和这个学生不同学科,当然也从未说过话。清显可以说是全校学生美的总代表,而这位"妖怪"虽然也是侯爵的儿子,但只能是丑陋、暗影和阴惨的代表。

"妖怪"经常来草地,冬日的阳光晒着一片枯草,暖融融的,可人人都躲得远远的。清显来到这里一坐下,"妖怪"就合上书本,紧缩着身子,摆出随时就要逃离的架势。沉默之中,他不住刺啦刺啦地吸溜着那软金链子般的鼻涕。

"在看什么书啊?"美的侯爵儿子发问。

"呀……"

丑的侯爵儿子把书本藏到背后,清显看到书脊上有莱奥帕尔迪[1]的名字。由于动作太快,封面上的烫金文字,刹那间透过枯草倏忽闪现一丝微弱的金光。

---

[1] 贾科莫·莱奥帕尔迪(Giacomo Leopardi,1798—1837),意大利著名浪漫主义诗人,贵族出身。

"妖怪"没有理睬,清显挪动身子稍稍离开些,他的呢子制服上粘满枯草,也不掸一掸,一只胳膊支撑在地上,伸开双腿。对面不远就是"妖怪",他厌恶地蹲踞着,摊开书本又立即合上。清显从他身上仿佛看到自己不幸的漫画,他的心情由亲切转为轻轻的愠怒。和煦的冬阳毫不客气地散发着热力,这时,丑的侯爵儿子慢慢变得放松了,他蜷缩的双腿畏畏缩缩伸了开来,支起和清显相反的那只胳膊,歪着头,耸着肩膀,身体的角度正好和清显相反,两人的姿势宛若一对狮子狗。他那压得很低的帽檐下的嘴唇,虽然看不出有什么笑意,但多少故意带有一些谐谑的神色。

美的侯爵儿子和丑的侯爵儿子构成一对。"妖怪"没有对清显一时泛起的好意和怜悯做出反抗,更没有愤怒和感谢的意思,而是驱使全部的镜像一般准确的自我意识描摹一个对等的姿势。如果不看脸形,从制服上装的镶边一直到裤腿,两人在明丽的枯草地上形成了十分美妙的对称。

对于清显试图接近他,"妖怪"做出了无比亲切的坚决的拒绝。然而,清显由于被拒绝,才得以接近如此飘荡而来的绵绵情意。

　　附近的靶场上传来箭镞离弦的响声,令人记起冬天里风的尖叫,与此相比,报告中靶的是迟滞的鼓音。清显感到,自己的心失掉了锐利箭矢的白羽。

四十九

学校放寒假了，用功的学生及早复习功课，准备迎接毕业考试，可清显连书本都不肯摸一下。

明年春天毕业后，准备投考夏季大学的学生，包括本多在内不到三分之一。多数人都将利用免试的特权，要么升入东京帝大考生较少的学科，要么选择京都帝大或东北帝大。

清显也许会不顾父亲的主意，自行选择免试的道路。要是进入京都帝大，距离聪子所在的寺院就很近了。

这样一来，他如今就一味委身于光明正大的无为了。十二月里下了两场雪，地上积得很厚。降雪的早晨，他也不再像小孩子一样那般兴高采烈了，他总是赖在被窝里，拉开窗帷，毫无感兴地望着湖心岛上的雪景。即便这样，也引起在庭院里散步的山田的监视，为了报复，清显特意于朔风呼啸的夜晚，将下巴颏深深埋在大衣领子里，叫跛足的山田打着手电筒，跟他一道飞快地攀登红叶山。暗夜的森林一派喧骚，枭鸟悲鸣，山路崎岖，他以迅疾如火的速度登上山顶，心中好不畅快！下一脚踩着柔软似生物的黑暗，仿佛一下子将其踏碎。冬夜的星空，于红叶山顶展现一片璀璨的光芒。

新年将近，侯爵家有人送来一份报纸，刊登着饭沼的文章。饭沼的忘恩负义激起侯爵满腔愤怒。

这是右翼团体出版的印数很少的报纸。据侯爵所说，这类报纸专门用恫吓的手段揭露上流社会的丑闻，倘若饭沼穷困潦倒，事先跑来讨要钱财，那还好说，他出其不意，突然写出这种文章，这明明是忘恩负义的挑衅。

文章摆出一副忧国之士的架势，标题是《松枝侯爵之不忠不孝》，用一种弹劾的语调写道：

"这桩婚姻的居中斡旋者，实乃松枝侯爵。盖皇家之婚姻之所以于《皇室典范》中均有详尽规定，皆因关系到万一情况下出现的皇位继承之顺次。尽管事后才知晓,但侯爵介绍的是一位患有脑病的公卿家的女儿,且业已获得敕许,临近纳彩之际因故败露,遂致瓦解。然侯爵自身因世间未知其名而深感庆幸,实乃恬不知耻也。不仅为大大之不忠,对维新元勋之先代侯爵,亦是不孝之至极!"

尽管父亲如此愤怒,但清显读此文时却疑窦层生,印象深刻。首先是饭沼为何具名写这篇文章。饭沼明明对清显和聪子的情况了如指掌,却煞有介事地相信聪子得了脑病,也许现在去向不明的饭沼,为了让清显读到此文后暗中知道他的所在,才不惜冒忘恩之罪作成的吧?至少这篇文章暗示着一种教训,要清显不要像侯爵父亲一样。

清显不由怀念起饭沼来了。他觉得,对眼下的自己来说,最大的慰藉莫过于再度接触那种愚拙的情爱,并予之揶揄和嘲谑。然而当父亲盛怒之际自己去见饭沼时,将会使事情更加难以处理,他固然思念饭沼,但还没到不顾一切硬要前去相会的程度。

倒是见蓼科比较容易,自从她自杀未遂以来,清显对这个老婆子感到无可名状的厌恶。她既然能凭借一封遗书向清显父亲告密,出卖了清显,那么,就足以证明这个女人具有如下的性格:大凡由她撮合见面的男女,必将一个不漏地遭到她的出卖,并以此为快乐。因此,清显明白了,世上有这样一种人,他们精心培育鲜花的目的,就是为了盛开之后将花瓣撕得粉碎。

一方面,父亲侯爵不再理睬儿子了,母亲也学着父亲,只想着尽量不要去惊动儿子。

怒火中烧的侯爵实际上心怀畏惧,经他花钱请求,大门口增加了一名巡逻警察,后门也新添两名巡逻警察。不过,其后没有人到侯爵府上寻衅滋事,饭沼的言论也未曾危及他的声誉,说着说着就到年末了。

圣诞之夜,两户客寓宅第内的西洋房客照例送来请帖。两家中不论去哪一家都会冷落另一家,所以,侯爵采取的态度是,哪家也不去,转而赠送各家孩子们圣诞礼物。今年清显想在西洋人家的团圆气氛中散散心,托母亲转请父亲,结果未获准许。

父亲没有照搬以往会冷落其中一家的理由，而是强调应房客之请将有损于侯爵家公子的身价。此事暗里说明，父亲对清显在保持自身品位上仍抱有疑虑。

侯爵家年底的大扫除，光靠除夕一天是做不完的，所以每一天都忙得不可开交。而清显一人无事可做，这一年即将过去，一种痛切的思绪啃咬着他的心胸。今年是他生命之中去而不返达于巅峰的一年，此种感怀日益浓烈。

清显离开宅第忙乱的人群，独自一人到湖里划船，山田提议陪伴他一道去，清显断然回绝。

小船穿越枯芦败荷，惊飞数只野鸭。随着一阵扑啦啦的羽翅声，刹那之间，冬日晴明的天空清晰地浮泛着小小扁平的胸腹，闪现着未经濡湿的锦缎般的茸毛。它们倾斜的身影，从茂密的芦苇上面迅疾掠过。

湖面上冷冷然辉映着蓝天白云。船桨搅动水面，沉滞而厚重的波纹荡漾开来，清显看了颇有些奇怪。浓重而幽暗的湖水对他讲述的一切，无论冬日玻璃般的空气还是飘逸的云影都无处寻觅。

他停下船桨,回头朝主楼大客厅望去,那里来往干活的人们,犹如遥远舞台上的人影。瀑布位于湖心岛另一侧,眼睛看不到,虽然尚未结冰,但那水声听起来清越、刺耳。远处红叶山北侧,透过枯枝,可以看见污秽的残雪斑斑驳驳。

不一会儿,清显划进湖心岛的小码头,将船系在木桩上,攀登松树褪色的峰顶。三只铁鹤之中,有两只向上伸着长喙,宛若将锐利的箭镞搭上弓弦,随时准备射向冬空。

清显立即找到一块阳光下温暖的枯草地,仰面躺了下来。于是谁也看不到他,孤身一人,完美无缺。双手枕在后脑勺下边,麻木的指尖依然保留着划船时木桨的冰冷。这时,一种决不在人前展露的可怜的感慨,突然拥塞心间。他在心中呼喊:

"啊……'我的一年'过去啦!伴随着一片虚幻的云影飘走啦!"

他的心中不断喷涌出不畏残忍而夸张的语言,仿佛对眼下自己的处境痛加鞭笞。而这些语言都是过去清显自己严格禁止使用的。

"一切都向我无情地袭来,我已经失掉陶醉的工具。如今，一种可怖的明晰统治着整个世界，这种可怖的明晰好似一弹指甲，整个天空就会引起纤细的玻璃般的共鸣……而且，寂寥是灼热的，犹如用嘴巴数度吹冷方可入口的沉淀的滚烫的汤汁，一直摆在我的面前。这只又厚又重的白色汤碗，带着棉被般的污浊与迟钝！是谁为我预订的这碗汤？

"我一个人被撂了下来。爱欲的饥渴。命运的诅咒。永无止境的精神的彷徨。茫然的心灵的祈愿……渺小的自我陶醉。渺小的自我辩护。渺小的自我欺瞒……失去的时光和失去的对旧物的依恋，火焰般燃烧着全身。年华空掷，青春虚度，岁月有闲，人生无果，为之愤恨不已……独自一人的房间。独自一人的每个夜晚……远离世界和人间的绝望的隔绝。……呐喊。谁也听不到的呐喊。表面的繁华……空漠的高贵……

"……这就是我！"

群聚于红叶山枯枝上的众多乌鸦禁不住一起发出浩叹般的鸣叫，呼啦啦从头顶掠过，朝着先祖祠堂所在的矮小山丘飞翔而去。

五十

过年后不久，宫中举办新年御歌会[1]，清显从十五岁那年起，绫仓伯爵每年都按惯例带着清显一起前去观看，以此作为他对清显实行优雅教育的一年一度的纪念。清显思忖着，今年恐怕不会再有了吧，谁知这回经由宫内省发放了参观许可证。今年，伯爵依然觍着面皮担当御歌所职员，很明显，这是伯爵靠游说争取来的。

松枝侯爵眼瞅着儿子出示的许可证，以及四人联署中伯爵的名字，皱起了眉头。他再次清楚地看到优雅的顽健和优雅的厚颜。

侯爵说："这是历年来的惯例，还是去吧。如果

---

[1] 原文作"御歌会始"，新年伊始宫中举办和歌吟咏会，天皇和皇后临席，与会者各自披露自作的和歌，最终选出秀逸之作，进行讲评。

今年不去，人家会说我们家和绫仓家闹不和。关于那件事，我们家和绫仓家之间本来就没有任何牵扯。"

清显对于历年来的那种仪式非常熟悉，可以说兴致很高。只有在那个场合，伯爵才显得威风凛凛，真正像个伯爵的样子。如今再看到那样的伯爵毋宁说是一种痛苦，但是对于清显来说，他一心巴望将曾经蓄积在心中的和歌的残骸尽情饱览一番。他想，到了那里，就能思念起聪子。

清显不再认为自己是扎在门风谨严的松枝家族手指上的一根"优雅的棘刺"：当然也并非一反常态，以为自己也是严谨家族中的一根指头。他曾经暗自笃信的优雅已经干涸，魂魄已经消散，作为和歌元素的流丽的悲哀也已无处找寻，体内唯有一股迷幻的轻风飒飒掠过。如今的他，感到自己早已远远离开了优雅，甚至远远离开了美。

但是，说不定正是因为这些，自己才真正称得上美。没有任何感觉，没有陶醉，甚至眼前明显的苦恼也不相信是自己的苦恼，痛楚也不相信是现实的痛楚。如此的美，一如麻风病人的症状。

清显失去了揽镜自照的习惯,刻印在颜面上的憔悴和忧愁,活画出一幅"苦恋中的青年"的形象,而他对此却木然不觉。

一天,晚饭时他独自一人面对餐桌,饭盘里有一只雕花玻璃小杯子,满满盛着稍显紫红的液体。他懒得向婢女问一声是什么,只以为是葡萄酒,一气喝了下去。他感到舌头残留着异样的感触,一种阴暗而滑腻的余味久久不散。

"这是什么?"

"鳖鱼血。"婢女回答,"里头吩咐了,只要少爷不问就先不说。厨子说,为了给少爷补补身子,是他到湖里抓来做菜的。"

清显静等着那不快的滑腻的东西通过胸间,此时,他再度回想起小时候用人屡次用来吓唬他的鳖鱼的可怖幻影。当时,他心中每每描画着这样的景象:一只鳖鱼从黝黑的湖水中悄然露出头来向他窥望。那鳖鱼埋身于湖底温热的淤泥,时时冲破腐蚀时光的梦境和恶意的水藻,从半透明的湖水中浮出身子,长年累月凝视着清显的成长。如今,这道诅咒突然解除了,鳖鱼被宰杀,他于不知不觉之间喝下鳖鱼的鲜血。因而,一件事情蓦然了结了。恐怖柔顺地进入清显的胃袋,开始转化为一种不可预测的活力。

——御歌会的讲解,照例从参加预选的和歌中由资历浅者开始,顺次向资历深者移动。首先读标题,接着读官位,从下一人开始,不读标题,直接读官位,然后转入正文。

绫仓伯爵担任名誉讲师。

天皇皇后两陛下和东宫殿下驾临会场,亲聆了伯爵娇柔、美丽而清澄的嗓音。伯爵的声音没有一丝犯上的震颤,只是用悲切的明朗语调,一首首慢悠悠读下去,那速度宛如一位神官足踏黑靴,一步步登上洒满冬日阳光的石阶。他的语调不含任何性的馨香。这座御所的屋子鸦雀无声,听不到一声咳嗽,全都被伯爵的声音占有了。即便在这个时候,他也强忍着不使声音超越语言而戏弄人们的肉体。只有那带着明朗的悲愁的优雅,不知羞耻地直接来自伯爵的喉咙,如绘卷上迷离的烟霞在会场里飘曳。

臣下的歌只读一遍,东宫殿下的御歌先唱诵一遍,交代一下:

"……以上为太子殿下之御歌。"

接着再唱诵第二遍。

皇后的御歌要吟咏和唱诵三遍,首先由领诵者唱出起句,自第二句开始,全体合唱。皇后的御歌唱诵期间,其余皇族和臣下,连同东宫殿下共同起立恭听。

今年的新年御歌会,皇后的御歌尤为秀美高雅。清显一边起立恭听,一边偷眼窥视,远远看到伯爵那双女人般纤细的素手之中,捧着两张上等绵纸,那纸是红梅色的。

尽管发生那么大震撼社会的事件,清显从伯爵的声音里感觉不到丝毫的战栗和畏怯,更看不出一点作为父亲自俗世上失去女儿后的悲痛之情。对此,清显不再感到吃惊。伯爵只是奉献着优美、无力和澄明的声音罢了。无疑,即使千年之后,伯爵也会如此用鸟儿般婉转的歌喉继续作出奉献的吧。

新年御歌会终于进入最后阶段了。就是说要开始唱诵圣上的御制和歌了。

讲师恭恭敬敬来到圣上御前,拜领御砚盖上的御歌,吟咏唱诵五遍。伯爵用格外澄净的音调吟咏,最后说道:

"……以上是所吟咏之御制圣歌。"

这期间,清显诚惶诚恐仰望龙颜,胸中涌起幼时承蒙先帝抚摸头颅的记忆。看起来比起先帝更加孱弱的当今圣上,聆听经过唱诵的御歌,并未显露欣喜之色,而是保持冰冷的平淡。虽说是不可能的,清显感到其中暗含着对自己的震怒,因而恐惧万分。

"我背叛了圣上,必死无疑。"

清显想着想着,漠然觉得自己倒在氤氲的香雾中了,一种说不清是快活还是战栗的情绪流贯全身。

五十一

进入二月,眼看就要毕业考试了,同学们都忙碌起来,只有清显对什么都不感兴趣,独自抱着超然的态度。看到清显这个样子,本多不是不想帮助他温课,但估计会遭到拒绝,所以作罢。因为他知道,清显最讨厌"过热的友情"。

这时,父亲突然提出要他投考牛津大学的墨顿学院。这座创立于十三世纪著名的学院,因为有主任教授的特别关照,容易入学,为此必须通过学习院的毕业考试。侯爵眼看这个不久即将升晋从五位的儿子日渐苍白、羸弱的身体,才想出这样一个补救的办法。这一补救办法看来有些异想天开,但正因为如此,反而引起清显的兴趣。于是,他决定对这一提议装出一副欣然从命的样子。

过去，他也和别人一样向往过西洋，如今他却执着于日本最纤细、最美丽的一点。然而，打开世界地图，广漠的海外诸国自不必说，即使染成红色的小虾一般的日本也显得那么俗恶不堪，他心目中的日本，原是一个蔚蓝的、飘移不定的、笼罩着雾一般哀婉情调的国度。

父亲侯爵还叫人在台球室内张贴了一幅巨大的世界地图，他想使儿子成为一个气宇轩昂、襟怀博大的人。但是，地图上冷寂的平板般的海面未能使他动心，勾起他回忆的倒是那片夜间的海洋，犹如一只保有体温、脉搏、血液和怒吼的巨大的黑兽。那可是夏夜里于极度烦恼之中轰鸣、狂叫的镰仓的大海啊！

他从未向别人提起过，他经常遭眩晕的袭击，受轻度头疼的威胁。失眠症愈益加重。夜间躺在被窝里，脑子里想入非非，事无巨细，一幕幕掠过眼帘：聪子明天会有信来，商量出奔的时间和地点。在一个无人知晓的乡村小镇，他站在设有一家土屋银行的街头，迎接跑来的聪子，将她紧紧抱在怀里……然而，这些想象的背面，都一律贴着一触即破的冰凉的锡箔，时时透露着苍黑的内里。清显的眼泪打湿了枕头，他经常于深夜中茫然地连连呼唤聪子的名字。

于是，在梦境和现实的分界线上，突然出现了聪子清晰的身影。清显的梦境，不再编织《梦日记》里那一类客观的故事，而只是像描画海岸边变化不定的水线一样，愿望和绝望交相往来，梦幻和现实互为消长。从平滑的沙滩退去的海水的镜面上，映现着聪子的容颜。这面影从未像眼下这样美丽而悲戚。这夜晚星辰一般灿烂辉煌的容颜，清显刚想凑去嘴唇，又旋即消泯了。

一心想逃出家门的念头日渐强烈，在他胸中形成一种难以抗拒的力量。所有的一切，时间、白昼、夜晚，还有天空、树木、云彩和北风，都在告诫他放弃幻想，然而，既然有一种不确定的痛苦时时折磨着他，他总想一手将这种不确定的东西紧紧抓住，他想从聪子嘴里听到忠诚可靠的话语，哪怕一句也好。要是不便开口，只要一睹芳颜就足够了。他的心几乎要发狂了！

另一方面，世间的谣诼迅速平息了。从敕许下达至纳彩,举行仪式之前,爽约退婚,这些不祥的事件逐一被忘却,此时社会又将愤怒转移到海军受贿问题上了。

清显决心出走,但是一直受到监视,不支付零花钱,所以手头自由使用的钱一文也没有。

清显向本多借钱,本多感到很奇怪。本多的父亲给儿子存了一笔钱任他自由使用,本多全部提取出来应急。但他没有问一句这笔钱派何用场。

二月二十一日早晨,本多把钱带到学校交到清显手里。这是个晴朗的严寒的早晨,清显接过钱,怯生生地说:

"离上课还有二十分钟,你来送送我吧。"

"你要上哪儿去?"

本多吃惊地问,他知道前门有山田把守着。

"那边。"

清显指指那片森林,笑了,他又恢复了久已失去的活力。本多瞅着他的脸,那上面并没有因而出现红晕,相反,那张瘦削的面庞看起来却因紧张而变得苍白,好似结了一层春天的薄冰。

"身体能行吗？"

"有点感冒，不过，不要紧的。"

清显说罢，首先步履轻捷地走上林间小径。本多很久没有看到这种快活的脚步了，他虽然明白这脚步将迈向何方，但嘴里却没有说破。

朝阳的光线深深照射下来，眼前是黯淡的池沼，冰封的池面横七竖八地分布着一些浮木。两人穿过鸟鸣嘤嘤的森林，走到学校所在地的东端。那里有一段缓缓的山崖，向东边的工厂街伸展。这一带胡乱围了一道铁丝网代替围墙，孩子们经常从破洞里钻出钻进。铁丝网外面连着一段杂草丛生的斜坡，连接着道路的低矮的石墙那里，又有一段低矮的栅栏。

两人来到这里站住了。

右面是院线[1]电车的轨道，眼下是朝阳辉映的工厂街，锯齿状的屋顶石棉瓦闪闪发光，各种机器的轰鸣混合在一起，发出海涛般的喧嚣。烟囱悲怆地耸立着，黑烟的阴影爬过屋顶，笼罩着夹在工厂之间的贫

---

1 直属铁道院经营的国有铁道。

民街头的晒衣场。有的人家屋顶伸出一截平台,摆着众多的花盆。不知是哪里,总有一种光亮不停地闪闪烁烁,一根电线杆上电工腰间的铁钳,一家化学工厂窗户里梦幻般的火焰……一个地方的声音刚一停歇,接着敲击铁板的锤声又叮叮当当响个不停。

天边一轮清澄的太阳,鼻子底下是绵延于学校边缘的白色的道路,清显即将顺着这条道路逃离吧?路面上鲜明地印着低矮房屋的阴影,几个孩子在玩跳房子的游戏。一辆锈迹斑斑、毫无亮光的自行车从那里跑过去了。

"好吧,我走啦。"

清显说。这分明是"出发"的意思。本多听到朋友嘴里吐出这样一个富有青春活力的词,他从此铭记于心中了。他连书包都撂在教室里了,制服外面只有一件外套,敞着领口,两排樱花金色纽扣左右闪开,显得十分气派。稚嫩的喉结将柔软的皮肤挤到上面,紧紧顶着海军服衬领上的一条纯白的细线。清显帽檐下的阴影里漾着微笑,伸出一只戴着皮手套的手,将破口边的几根铁丝拧弯,斜着身子钻了出去……

清显失踪的消息立即传到家里,侯爵夫妇大吃一惊。然而,又是老太太的一番话拯救了混乱的场面。

"事情不是很清楚吗?他要到外国留学感到很高兴呗,尽管放心好啦。他要到外国去,事前总得跟聪子打个招呼不是?要是事先说了,你们肯定不会放的,所以才偷偷去的嘛。这不是明摆着的道理吗?"

"可聪子是不会见他的。"

"要是不见,他也就死心啦,还会回来的。年轻人嘛,要让他们自在些,管得太紧所以才闹到了这步田地。"

"正因为出了事,当然要管得紧些,不是吗?妈妈。"

"所以这回也是当然的啦。"

"无论如何,这事不能走漏风声,要是外头知道了就糟啦。立即报告警视总监,要他极秘密地进行探查。"

"什么探查不探查的,地点不是很清楚吗?"

"要尽快抓捕扭送回来……"

"那可不行！"老太太瞪起双眼，大声怒吼，"那样是错的！要是那么干，事情或许会弄得不可收拾。

"当然啦，为了防止万一，请警察探询是可以的，一旦知道在哪里，马上报告，这样也好。不过目的和去处都很清楚，警察只要远远监视一下，不让他知道就行啦。要紧的是，绝对不要束缚那孩子的行动，只要远远盯着就成。大凡这种事，要办得稳妥，不要把事情闹大了。别的无路可走。如今要是办砸了，会闹出乱子来的！我先把话说清楚。"

二十一日晚上，清显住进大阪的饭店，第二天一早离开饭店，乘樱井线火车抵达带解车站，在带解町的一家名叫葛屋旅馆的商人客栈租住了一间房子。房子一到手，他就立即雇了一辆人力车赶往月修寺。他催促车子沿着山门内的坡道快速上行，到达平唐门后下车。

洁白的障子门紧闭着，他站在门外喊叫。寺院男仆出现了，问清姓名和来意，等了一会儿，一老出现了,但是决不许他进门,告诉他门迹决不会见他,而且那位随侍弟子也不可能会客。一副冷漠的面孔,把清显撵出去了。这种结果本来是意料之中的,清显没有强行坚持,暂时回旅馆了。

他把希望寄托于明天,他一个人思忖再三,以为最初失败的原因,完全在于意志不坚,竟然乘人力车直达内门入口。这固然是因为自己心情过于急迫,但会见聪子既然是一种祈愿,那么不管见不见到她,至少应在山门外下车。如此的修行还是很有必要的。

旅馆房间污秽,伙食很差,夜间寒冷。但一想到,如今和在东京时不一样,聪子就生活在附近这块地方。这种想法给了他心灵极大的安慰。当晚,他难得地睡了个好觉。

第二天,二十三日。他自觉浑身精力充沛,上午和下午各跑了一趟,这两次都是让人力车在山门外待机,清显步行爬上长长的参道,但寺院冷漠的接待丝毫没有变。下山时一路咳嗽,胸间隐隐作痛,回到旅馆,为了慎重起见,连入浴也免了。

从这天晚饭起,对于这座乡间旅馆来说,摆出了也许是最上等的饭菜，服务也明显改善了，房间也硬给调整到了头等高级客房。清显盘问婢女，没有回答，经再三追问，才揭开了谜底。据婢女说，今天清显外出以后，当地的警察来询问过清显的事，他说这是一位出身尊贵的阔少，必须加意小心伺候；警察还说，这事绝对不能告诉他本人，要是客人离店了，要赶快秘密报告警察。原来是这么回事，清显心里很着急，他想一切都得抓紧进行。

翌日，二十四日早晨，清显一起床就觉得不舒服，脑袋沉重，浑身发懒。但是他想，越是这样，越要好好修行，越要吃苦受难，为了会见聪子，只有这条路可行。他不再雇佣人力车，从旅馆步行到寺院，跑了七八里路。虽然碰到晴天丽日，但他一路很苦，咳嗽越来越厉害，胸口一阵阵疼痛，心底好像沉积着一堆沙子。当他站到月修寺内门之外的时候，又是一阵剧烈的咳嗽，出来应接的一老依然如故，她板着面孔，同样是三言两语，冷漠地回绝了。

又过了一天，二十五日，清显感到寒战，发烧。这天他本想好好休息一下，但还是叫了人力车又去了一趟，同样吃了闭门羹回来了。清显绝望了，他灼热的脑袋思忖再三，实在想不出对策了。最后，他只好委托旅馆老板给本多发了电报。

　　速来，樱井线带解葛屋，务必对父母保密。
　　　　　　　　　　　　　　　　　松枝清显

　　就这样，他度过痛苦难眠的一夜，迎来二十六日的清晨。

五十二

这天,大和原野长满黄茅的土地上,雪片随风飞扬。说是春雪吧,又太淡了,犹如无数白粉虫飘飘降落,天空阴霾,那白色弥漫空中,微弱的阳光照射下来,这才看清楚是细小的雪粉。凛冽的寒气远比大雪普降的日子冷得多。

清显一直将头枕在枕头上,思考着如何向聪子表露自己的一腔至诚。昨晚给本多发了电报,本多今日定会赶到这里来的。凭着本多的友谊,也许能够打动门迹吧?但是,在这之前还有应该做的事,不妨一试。那就是不借助任何外力,独自一人表达最后的赤诚。细想想,自己尚未获得机会对聪子表露这种赤诚。抑或由于怯弱,一直躲避这种机会吧。

如今自己能做到的只有一件,越是病重,越要带病苦修,越是要孜孜以求,竭尽全力。这样的赤诚,聪子也许能感应到,也许不能感应到。然而,对眼下的自己来说,必须照此修行下去,心中才能获得平静。务必要见聪子一面,如此的期盼当初占据了他的全部灵魂,而今,灵魂自身开始活跃起来,似乎超越了原有的愿望和目的。

但是,他的整个肉体同游离出来的灵魂相对抗。高热和钝痛犹如沉重的金丝缝进全身肌肤,他仿佛感到自己的肉体编织成一块锦缎了。四肢的筋肉绵软无力,一旦抬起胳膊,裸露的肌肤立即出现鸡皮疙瘩,两只膀子比两只盛满水的水桶还要沉重。咳嗽一步步向胸底深入,宛若黑云如墨的高空,远雷殷殷轰鸣。甚至手指尖的力量也丧失了,倦怠而不由自主的身子,完全被一种实实在在的病热彻底征服了。

他在心里拼命呼喊聪子的名字。时光白白流逝,旅馆方面今天才发现房客生病了,于是想法把房间搞得暖和些,照顾得十分周全。但他顽固地拒绝看护和请医生。

午后,清显命令叫人力车,婢女犯起犹豫,报告旅馆老板。为了向前来劝阻他的老板显示自己很健康，清显必须从床上起来，当着老板的面，不靠任何人帮助，自己穿上制服和外套。车子来了，他用旅馆的人硬塞进来的毛毯裹住膝盖，出发了。虽然身上包得严严的，还是冻得直发抖。

清显透过黑色的帷幔，依稀看到雪片飘飞进来，心头随之泛起那个难忘的记忆。他想起去年那个雪天，他和聪子两人坐人力车赏雪的情景，心中一阵抽搐。实际上，此时他胸口正疼得难以忍受。

清显不愿龟缩在摇摇晃晃的晦暗之中强忍头疼的折磨，他干脆扯掉面前的帷幔，用围巾掩住口鼻，两只因发热而变得潮润润的眼睛不断追逐着车外迷蒙的景色，这样反而要好些。如今，凡是促使他泛起内心痛苦的回忆，无一不使他感到厌恶。

人力车早已穿过带解町一个又一个逼仄的十字街口，直到远方烟雾迷离的山腹间的月修寺，全都是一马平川的田间道路。收割之后布满稻架的田地，桑园里干枯的枝条，还有夹杂其间的满眼青绿的冬菜，沼泽里透着几分暗红的枯芦和菖蒲穗……细雪霏微，悄无声息地飘落在万物表面,立即融化了。而且,粘在清显膝头毛毯上的雪花没等化成明显的水珠,就很快消逝了。

天空水一般泛白了,从那儿射下来稀薄的阳光。雪片经太阳一照,越发轻柔,好似灰尘一般。

到处都是干枯的芒草,随着微风飘拂不定。淡淡的阳光照射着低垂的穗子,上面的细毛微微发亮。原野尽头低俯的群山烟雾蒙蒙,而远方天际却露出一片黛青色。远山峰峦上的白雪,耀目争辉。

清显头脑轰轰作响,眼前的风景使他想起自己已经好几个月没有同外界接触了。这里确实是个静寂的地方。晃动的人力车和沉重的眼皮,扭曲和搅乱了这里的景色,然而,满怀苦恼和悲哀、于极不安定的状态中打发日月的他,很久没有面对如此明晰的风景了。而且,这里没有一个人影。

很快就要到达月修寺所在的山腹了,寺院周围绿竹森森,山门内坡道左右两排松树也越发看得清楚了。当他看到竖着两根石柱的山门出现于弯曲的田间道路远方的时候,清显的心头涌起一阵痛切的思绪。

"今天要是坐着车子进入山门,再经过三百米直达内门,然后才下车,聪子肯定不会见我。再者,眼下寺院里会不会发生微妙的变化呢?比如一老说动门迹,门迹也终于改变主意,看我今天冒雪赶来,放我见聪子一面也未可知。不过,要是我乘在车上直闯进来,对方心中会有所感应,事情就会产生微妙的逆转,决不会让我见聪子的。我最后努力的结果,总会在寺院的人们心中留下结晶。如今,现实将众多的薄片聚合在一起,正要编织成一把透明的扇子,稍不留神,一旦扇骨脱离,扇面就会四散开去……退一步说,如果坐着人力车一直到达内门,聪子今天根本不见,到那时候肯定会引起自责:'都怪我心不诚,不论多么艰难,如果下车徒步而来,这种不为人所知的赤诚,说不定能打动她的心,从而答应见上一面的。'对,绝对不能因心不诚而留下悔恨。不豁出性命是不可能见到她的。这一决心将把她推上美的峰巅。我正是为此而来的!"

对于他来说,根本分不清这究竟是理智的考虑,还是因热昏头脑而发出的谵语。

他下了车,叫车夫在门前候着,随后登上门内的坡道。

天空稍稍舒展开来,雪花在淡淡的阳光里飞舞。道路一边的竹林中,似乎传来云雀的鸣啭。排排松树中间或生长着樱树,冬天里的树干布满青苔,夹在竹丛里的一株白梅已经着花了。

已经是第五天的第六次来访,因此没有什么值得惊奇的地方了。下了车,双脚像踩在棉花上,步子歪歪扭扭,睁开两只被体热熏蒸的眼睛向四下一看,一切都显得异样的虚空和澄净,那些每天眼熟的景色,今日开始出现一种可怖的新鲜的姿影。这期间,他依然不住打寒战,一阵阵如锐利的银箭镞穿过脊梁。路旁的羊齿草、紫金牛的红果、随风飘拂的松叶,还有那主干青绿而叶子已经发黄的竹林、众多的芒草,以及贯穿其间有着结冰辙印的白色道路,一起没入前方幽暗的杉树林中。这般全然沉静的、每一角落都很明晰,而且含着莫名悲愁的纯洁的世界,其中心的内里,确确实实存在个聪子,她像一尊小小的金佛像屏住呼吸藏在这儿。然而,如此澄澈而生疏的世界,果真是她住惯了的"人世"吗?

走着走着,喘不出气来了,清显坐在道旁的石头上歇息。虽说隔着好几层衣服,但石头的寒凉还是直接刺激着皮肤。他剧烈地咳嗽,随着咳嗽吐到手帕上的痰呈现铁锈色。

咳嗽好容易止住了,他回过头眺望疏林远方高耸的山峰上的白雪。咳嗽带出了眼泪,那积雪透过泪光是那般鲜润,显得更加辉煌。这时,他十三岁那年的记忆猝然苏醒了,当时他为春日妃捧裾,仰头瞥见那漆黑头发下亮丽的颈项,那银白色同眼前的雪景相仿佛。那是他人生第一次憧憬着夺人眼目的女子之美。

太阳再次黯淡下来,雪片越发繁密了。他脱掉皮手套,让雪花落在手心里。雪片一旦飘进灼热的手掌,眼见着遽然消失了。他白净的手掌一点也不脏,没有磨出任何膙子。清显想到,他这一生始终爱护这双手,决不沾染泥土、血污和油汗。他的手只为着感情而使用。

他吃力地站起身来。

他很担心,这样一路上冒着雪能否走到寺院。

不久走进杉树林,风越来越冷,风声在耳畔呼啸。透过杉林空隙,看到水一般冬日的天空下面那座涟漪荡漾的湖沼。过了这里,古老的杉树更加苍郁,落在身上的雪花也稀少起来。

清显一心无挂碍只顾向前迈动双腿,他的回忆全然崩溃了,只觉得自己一点点向未来接近,一点点剥去未来的薄皮。

不知不觉穿过黑色庙门,平唐门出现在眼前,门上一排菊花瓦覆盖的庇檐被积雪染白了。

他在玄关的障子门外颓然瘫倒了,一阵剧烈的咳嗽,但他并不乞求别人搀扶。一老走过来抚摸他的脊背。清显宛如堕入梦境,他怀着莫名的幸福感,似乎觉得眼下是聪子在为他按摩后背。

一老今天没有像前几天那样立即表明拒绝,而是将清显撂在那儿,自己回屋了。清显等了很久,他只觉得是在永永远远地等待下去。等着等着,他觉得眼前飘来一团雾气,痛苦和净福之感朦胧地融合成了一体。

依稀听到女人们惊慌的会话,不久又停止了。过了些时候,一老单独出现了。

"还是不能见面,不管来多少趟都是一样。我叫寺里的人送送你,快回去吧。"

于是,清显由一位身体健壮的寺院男仆搀扶着回到人力车上。

五十三

二月二十六日深夜，本多抵达带解的葛屋旅馆，看到清显那副不寻常的体态，打算尽早将他带回东京，可病人不同意。听说傍晚时分请乡村医生来看过，说有肺炎的征兆。

清显希望本多明天务必去月修寺一趟，直接拜见门迹，恳请她发发慈悲。门迹对于第三者的劝说，也许能听进耳朵里去，要是答应他们见面，就请本多将自己这副身子送到月修寺。

本多起初表示反对，结果他还是听从病人的话，决定推迟一天回京，自己想方设法拜见门迹，尽力使得清显的愿望得以实现。但他也坚决和清显约定，万一达不到目的，立即一块儿回东京。当晚，本多彻夜不断在清显的胸口倒换着湿布。旅馆幽暗的煤油灯下，本多看到清显那十分洁白的胸脯大概因为冷敷的缘故，变得一片通红。

三天后就要进行毕业考试了，本多的父母不用说是不赞成儿子这次出行的，可是看到清显的电报之后，父亲没有再详细盘问，就说"快去吧"，母亲也很赞成，这是本多所没有想到的。

大审院法官本多，当年为了和那些不是终身官僚而突然被勒令退职的旧友们共命运，愤然辞职而未果，此刻他想教导儿子，友谊是何等尊贵。本多在赶来的火车上拼命温习功课，来到这里后，他一面彻夜看护病人，同时身边摊着伦理学的课堂笔记。

煤油灯雾一般昏黄的光轮中，两个年轻人各自心里截然对峙的世界的影像，集中表现在那锐利的灯火的尖端。一个为刻骨的思恋而沉疴不起，一个为坚固的现实而勤奋学习。清显恍恍惚惚梦游于恋爱的海洋中，被海藻缠住双腿，依然挣扎着前进；本多幻想着要在地上建造一座坚不可摧、井然有序的理智的宫殿。一颗为热病所苦的年轻的头脑，同另一颗冰冷的年轻的头脑，于早春的寒夜，在这古旧旅馆的一角，紧紧靠在一起了。而且,各自都被迫准备迎接自己世界终局的时光的到来。

此时,本多最痛切地感到,他决不可能将清显脑子里的一切据为己有。清显虽然身子横在眼前,但灵魂早已疾驰而去,他那朦胧中时时呼唤聪子名字的潮红面庞,看起来一点都不憔悴,反而比寻常更加鲜活,犹如象牙内部燃起一团火,光艳、隽丽。然而,本多深知,那内部是不容许别人触动一根指头的。本多以为,似乎有一种情念,自己无论如何都不能化身于其中。不,自己对任何一种情念都无法化身于其中,难道不是吗?本多缺乏一种容许此种东西向自己内部浸透的资质。他虽然笃于友情,深谙眼泪的价值,但缺少一种真正引爆"感情"的导火索。自己为何一直专念于内外整然有序,而不能像清显那样,将火、风、水、土等四大无形之物含蕴于自己的体内呢?

——他又把眼睛转向密密麻麻写满蝇头小字的课堂笔记上了。

亚里士多德的形式伦理学,一直统治着欧

洲学界，直到中世末叶为止。从时代上可分为两个时期：首先是《古伦理学》，以《工具论》中的《范畴篇》和《解释篇》为祖述；而《新伦理学》则可以十二世纪中叶出现的拉丁语全译本的《工具论》为嚆矢……

他不由感到，这些宛若风化的岩石般的文字，从自己的脑袋里一一剥落下来了。

五十四

本多听说寺院的人们起得很早,所以天刚蒙蒙亮他就急忙爬起来,匆匆吃完早饭,叫了辆人力车出发了。

清显在被窝里睁开温润的眼睛,他的头依然枕在枕头上,"拜托啦",他那望着本多的眼神刺伤了朋友的心。本来,本多直到现在只是打算到寺里碰碰运气,内心倾向于立即将重病的清显尽早带回东京。但是,当他看到清显的眼神之后,随即改变了主意:他决心凭借自己的力量,务必使清显能见到聪子。

碰巧,这是个早春里温暖的清晨,到达月修寺的本多发现自己很早就被打扫寺院的男仆盯上了,那男仆从远处一看到本多,就返身跑进去了,他一定是看到来人穿着同清显一样的学习院制服,立即引起戒备之心吧？出来应对的尼僧没等客人通报姓名，就摆起一副拒人于千里之外的僵硬的面孔。

"我姓本多，是松枝的朋友，这次为他的事从东京来到这里。我想拜见一下门迹大师，可以吗？"

"请等一下。"

本多在内门入口等了好长时间，他心里一直盘算着，要是遭到拒绝应该怎么对付，谁知不一会儿，那位尼僧又来了，请他到客厅去。本多很感意外，心中立即生起一线希望。

接着又在客厅等了很久，障子门关得严严实实，看不见的庭园里传来黄莺的啼鸣。门的拉手周围贴着剪纸，依稀浮现着菊花和云彩的纹饰。壁龛的花瓶插着油菜和桃花。油菜花粗鄙的鹅黄色十分显眼，胀鼓鼓的桃花蓓蕾凸显在黝黑的枝条和淡青的叶子之外。隔扇一抹银白，但却立着一扇颇有来头的屏风。本多凑近身子，仔细观望屏风上的四季图：一副狩野派[1]

---

1 室町・江户时期重要绘画流派，以狩野正信为其始祖。此画派善于运用宋元绘画和大和绘相结合的表现手法，长于山水、花鸟等水墨画，极盛一时。

画风中添加了大和绘[1]的色彩。

季节由右侧春天的庭园开始，生长着白梅和青松的庭院，有几位殿上人[2]游玩赏景。桧木板墙内的宫殿，从金色的云丛里露出一角来。顺序向左移动，一群毛色斑斓的小马驹欢蹦跳跃，池沼不知何时已转为水田，姑娘们正忙着插秧。黄金般的云丛深处，两股小小的瀑布飞流直下，和池塘边的青草一起，报告着夏令的到来。水池边竖着币帛以祓除六月的不祥，殿上人聚集在这里，身旁有奴仆和朱衣小舍人[3]伺候着。红色的鸟居附近群鹿相互嬉戏，神苑内牵出一匹白马，带弓的武官正在为祭祀忙碌地做准备。眼见着红叶映照的池面即将进入万物萧索的冬季，金光辉耀的白雪之中，有人开始驾鹰出猎了。竹林负载着积雪，斑驳的竹影间隙，辉映着金色的天空。一只野鸡微微闪现着火红的颈毛，箭一般冲天而起。枯芦中一条白狗，向着冬空中飞翔的野鸡狂吠不止。猎人胳膊

---

1 指有别于中国水墨画、带有日本情趣的风俗画。
2 指四五位以上允许升殿（清凉殿、紫宸殿）的官员。
3 公卿贵族家的童仆。

上的老鹰，双眼泛着威严的凶光，死死盯着野鸡飞去的方向……

四季屏风图看完了，本多回到座席上，门迹还没有出现。刚才那位尼僧用托盘端来了点心和香茶，告诉他门迹一会儿就到。她说："请慢用。"

桌子上放着一只贴画小盒子，无疑是这里的尼僧亲手制作的。看起来工艺甚是粗糙，说不定是出自聪子本人尚未熟练的双手。小盒子四边贴敷着彩印的花纸，盖子上厚厚的贴画，完全是典雅的宫廷风格，浓艳、华美、重重叠叠。贴画的图案画着一位童子在追赶一对蝴蝶。蝴蝶一黑一红，比翼而飞；童子光着身子，长着宫廷偶人的眼睛和鼻子，肥墩墩的肌肉是用一团白绉绸裹成的。本多走过早春枯寂的田野，登过荒凉的冬天树林间的坡道，于月修寺晦暗的客厅中央，开始品味着好似蜜糖般的女人甘美的情韵。

传来衣服窸窣的响声，一老挽着门迹的手，身影映在障子门上。本多坐正了身子，却止不住内心的悸动。门迹虽然已经老迈，但一身紫色的法衣，露出光艳的小小脸庞，黄杨木雕般的清净，找不到一点年龄留下的尘埃。门迹笑微微地坐下来，一老守在她身边。

"听说是从东京来的？"

"是的。"

本多当着门迹的面，一时不知说什么好。

"他是松枝少爷的同学。"

一老添了一句。

"说实话，松枝少爷年纪轻轻，也怪可怜的……"

"松枝发高烧很厉害，躺在旅馆里起不来，我一接到电报就赶到这里，今天我是替松枝求情来啦。"

听她这么一说，本多这才顺利地诉说着。

本多觉得，站在法庭上的年轻律师或许也是这般心情。他根本不顾审判官有何想法，只是履行辩护，阐明自己的观点，尽力维护当事人的一身清白。他从自己和清显的友谊说起，讲到了清显眼下的病情，告诉门迹他为了见聪子一面甚至豁出了性命。清显要是有个三长两短，月修寺将悔恨莫及。本多语言如火，说得浑身燥热，他身处寒气森森的山寺一隅，感到自己的耳朵直冒火，脑袋也几乎燃烧起来。

听到他的一番话，门迹和一老似乎被他打动了，两个女人一直沉默不语。

"也请您体谅一下我的处境吧。朋友向我诉苦，我把钱借给他，松枝是拿这笔钱做盘缠才来这里的。至于松枝在羁旅之中染上重病，我觉得对松枝的父母，自己的责任也很重大。我想您也许会认为，既然如此，理应尽早把病人带回东京才是啊。不错，作为人之常情，我也是这么考虑的。不过，先不谈这些，我来拜访您，是为了尽早实现松枝的夙愿，我也顾不得将来他的父母会如何抱怨我了。我看到松枝的眼睛里充满着不顾舍弃生命的渴望，我想帮助这位朋友，使他的渴望得以实现。我想，您要是看到他的眼睛，也一定会动心的。在我看来，松枝的一腔渴望，比起他的重病更为重要，绝对不能坐视不管。说句不吉利的话，我感到他的病已经没救了。我是替他来传达他临终之前的愿望的！请菩萨大发慈悲，答应他见上聪子小姐一面吧。难道怎么都不能允许他们见面吗？"

门迹依然闷声不响。

本多担心再继续说下去,反而会妨碍门迹改变主意,心里虽然激动难平,还是不想再说下去了。

冰冷的屋子寂静无声,雪白的障子门雾一般透着亮光。

这时,本多仿佛听到一种宛如红梅花开般的幽然的笑声,那声音虽说不是来自一板之隔的近旁,但也不是太远的地方,说不定是廊下的一隅,抑或是毗邻的房舍。但他立即改变了想法,本多听到的年轻女子的窃笑,假若他的耳朵没有听错的话,那声音肯定是荡漾于春寒的空气中的啜泣。比起强忍的呜咽来得快捷,犹如绷断的琴弦,暗暗传递着呜咽断绝的余韵。于是,他又想到,这一切好像是耳朵产生的一时的错觉。

"或许,您以为我的话太不近人情了吧?"门迹终于开口了,"看来,也许您认定是我不让他们两人见面的。其实,这是人力所不能阻挡的事啊,不是吗?聪子她在菩萨面前发过誓的,今生今世啊,她不再想见面啦。我想菩萨会体谅她的心愿,也就依了她的吧,虽说少爷也够可怜的。"

"那么，您还是不肯答应，是吗？"

"是。"

门迹的回答带着无可名状的威严，他再也无话可说了。"是"这个铿锵有力的字眼，可以把天空撕得粉碎，就像撕毁一块锦缎。

……其后，本多实在想不出好办法了，门迹用优美的声音对他讲了许多尊贵的事情，他也很难听进去。眼下，他只是不愿看到清显失望的表情，所以才迟迟不肯告辞的。

门迹跟他讲了因陀罗网的故事。因陀罗是印度的神仙，这位神仙一旦撒开网来，所有的人都逃脱不掉。一切生灵都牵连着因陀罗网而生存。所有的事物都是根据因缘果的理法而产生，这就叫缘起，因陀罗网就是一种缘起。

法相宗月修寺的根本法典是唯识的开祖世亲菩萨的《唯识三十颂》。唯识教义对于缘起，则采用赖耶缘起说，其根本就是阿赖耶识。所谓阿赖耶，原以梵语 âlaya 表音，可以译作"藏"，其中隐含着一切作为活动结果的种子。

我们于眼、耳、鼻、舌、身、意之六识深处，还具有第七识，即末那识，也就是自我意识。阿赖耶识则在更深之处。《唯识三十颂》写道：

> 恒转如瀑流。

意即如激流奔涌，相继转起而不绝。这一识正是有情总报的果体。

无著的《摄大乘论》由阿赖耶识的变转无常之姿态，展开关于时间的独特缘起说。这就称作阿赖耶识和染污法的同时互换之因果。唯识说认为，现在只有一刹那诸法（实际只是"识"）存在，过了一刹那，即灭而化为无。所谓因果同时，就是阿赖耶识和染污法于现在一刹那同时存在，并且互为因果，过了这一刹那，双方共同化为无。下一刹那，又重新产生阿赖耶识和染污法，互相更换为因果。存在者（阿赖耶识和染污法）每一刹那因灭亡而产生了时间。由于每一刹那的断绝和灭亡，因而时间就会连续出现，这就好比点与线的关系……

——渐渐地，渐渐地，本多感到自己深入到门迹所讲述的深奥教义之中了。不过，在这种场合，他深究其道理的精神未曾调动起来。犹如暴雨突然袭来的艰深的佛教用语，还有其中自然包含着时间经过、自无始以来继起的因果，同时由于因果互换这一乍看起来似乎矛盾的观念的操作，反而成为促使时间成立的要素。门迹对这些都一一说明……各色各样难懂的思想皆出现疑问，也没有心思再三请教。况且，门迹每说一段话，一老总是不断在一旁帮腔，"是这样的""是这样的"。本多心中十分烦躁，他思忖着，眼下门迹所讲解的《唯识三十颂》和《摄大乘论》，暂且将书名记在心中，他日慢慢研究，有了疑问之后再行请教。况且，本多尚未觉察，门迹那些初看起来显得很迂阔的议论，对于清显和他自己来说，宛如照在池水上的天心的月亮，显得多么高渺，又多么致密！本多鞠躬致谢，匆匆离开了月修寺。

五十五

乘在返回东京的火车车厢里，本多看到清显痛苦的样子，心中焦急不安。他只巴望早一点到达东京，再没有心思温课了。清显的夙愿未得实现，如今身染重病，躺在卧铺上被运送到东京。每当本多望着清显，一种痛切的悔恨啃咬着他的心胸。当初帮助清显出走，果真是一个真正的朋友所应有的行为吗？

　　清显蒙蒙眬眬躺了一会儿，本多睡眠不足的头脑反而清醒了。他任由各种回忆往来交织。这些回忆之中，月修寺门迹两度讲解的佛法，分别浮泛出迥然各异的印象。前年秋天首次聆听她讲解的佛法，是喝下髑髅里的水的故事，其后，本多以此比喻恋爱，如果能将自己心的本质和世界的本质做到如此巩固的结合，则是最为理想的爱情。再到后来，他由攻读法律进而涉及《摩奴法典》的轮回思想。今早所聆听的第二次佛法讲解,似乎将那难解之谜的唯一钥匙,在他眼前微微晃动了一下;另一方面,又充满难解的飞跃,谜又进一步深入下去了。

火车将在明天早晨六时抵达新桥。夜已深了,乘客们的鼾声填满车轮轰鸣的间隙。本多占据着清显对面的下铺,他打算通宵达旦地守护着清显。卧铺的布帘一直敞开着,不论清显发生多么细微的变化,他都能随时应对。本多透过玻璃窗,眺望着窗外夜间的原野。

野外一派幽暗,夜空阴霾,山峦的轮廓模模糊糊。火车明明向前奔驰,而移动的夜景却依稀难辨。那小小的火焰,小小的灯光,犹如黑夜时时出现的鲜丽的破绽,然而没有成为某一方向的标志。广袤的黑暗包围着白白滑动于铁轨上的小小列车,那隆隆的响声不是列车的声音,似乎是黑暗的轰鸣。

本多收拾好行装就要离开旅馆时,清显交给他一张粗糙的信纸,那或许是他向旅馆老板要来的吧,上面写着潦草的文字,清显托他交给母亲侯爵夫人。

本多小心翼翼装在制服里边的口袋里。这时他显得很无聊,便掏出来就着昏暗的灯光观看。铅笔写的笔画有些打颤,不像清显正常时写的字。平时他的字迹虽然显得很稚拙,但却颇为雄健有力。

母亲大人:

有样东西想送给本多,就是放在我书桌里的《梦日记》。本多喜欢这类东西。其他没有人要读,请务必送给本多。

清显

很显然,他是想用无力的手指写一份遗书。然而,既然写遗书,总该对母亲说上几句,可是清显只是一般事务性的嘱托。

听到病人痛苦的呻吟,本多立即收起信纸,接着走向对面的卧铺,瞧着他的脸孔。

"怎么啦?"

"胸口,很疼,像,像刀绞一般。"

清显直喘粗气,断断续续地说。本多一时不知如何是好，他用手轻轻摩擦清显疼痛的左下胸。灯光黯淡，依稀照射着清显痛苦的面庞。

然而，他那疼痛得有些扭曲的容颜依然俊美，痛苦无形中给了他灵气，使得那张脸孔具有青铜般严谨的棱角。漂亮的双眼泪水盈盈，眼角向紧蹙的眉梢吊起，双眉攒聚，反而显得虎虎而有生气，眸子里平添了点滴黝黑的悲怆的光辉。端正的鼻翼不住翕动，仿佛要向空中捕捉着什么，因发烧而干燥的嘴唇里，灿烂的门齿散射出珍珠贝内部的光彩。

不久，清显的痛苦减轻了。

"还能睡吗？还是睡睡好啊。"

本多说道。他怀疑，自己刚才看到的清显痛苦的表情，莫非是他在这个世界的终极见到了禁止观看的隐秘的欢乐之情？对于看到这一隐秘的朋友产生的嫉妒，沉浸在微妙的羞耻和自责之中。本多轻轻摇动着自己的脑袋，悲哀弄得他有些神志麻木，渐渐出现了一些连自己都感到莫名其妙的感情，犹如蚕丝萦绕心头。他为此而感到不安。

看样子，刚刚迷糊了一阵子的清显迅速睁开双

眼,要本多伸过手去。接着,他紧紧握住本多的手,说道:

"刚才做了个梦。还会见到的,一定能见到,就在瀑布下边。"

本多暗自思忖,清显的梦境想必是自家庭园,他在心中描绘着侯爵家广大园林的一角,九段瀑布依旧奔流不息。

——回到东京两天之后,松枝清显死了,这年他二十岁。

第一卷终

译后记

三岛由纪夫的"丰饶之海"[1]系列小说,是作者生前最后写作的四部曲,包括《春雪》(1965)、《奔马》(1967)、《晓寺》(1968)和《天人五衰》(1970)。这部作品规模宏大,时间跨度久远,从大正初年(1912)到二十世纪七十年代约六十年,几乎涉及这个时期内的所有重大历史事件,是一部全景式的巨著。这部被日本人称作"大河小说"的作品,对人生中的根本问题一一拷问,诸如生存、爱恋、战争、死亡和佛缘等,最后演绎出"世事皆幻象,人生即虚无"这样一个主题。作者认为,这个世界表面上看起来是轰轰烈烈的

---

[1] "丰饶之海"出典于《浜松中纳言物语》中梦和转生的故事。这是根据月亮之海的一部分,即拉丁语 Mare Fecunditatis 翻译的日语。

"丰饶之海",其实是既无水又无空气的沙漠之海、死亡之海。

"丰饶之海"第一卷《春雪》,连载于一九六五年九月号至一九六六年一月号《新潮》杂志。这一年,除了《春雪》之外,作者还发表了短篇小说《参拜三熊野》(《新潮》1月号)、《月澹庄绮谭》(《文艺春秋》1月号)、《孔雀》(《文学界》2月号)、《早晨的纯爱》(《日本》6月号),此外还写作了戏剧《萨德侯爵夫人》(《文艺》11月号)。

《春雪》的开头和结尾都笼罩在一片阴惨的"死"的氛围中。得利寺吊慰战死者悲壮而凄厉的场景,返京的火车上松枝清显垂危时苍白的病容,一脉相承,更与第四卷《天人五衰》的结尾老尼聪子所守望的空阔寂寥的山寺遥相呼应。读完"丰饶之海"的心境,同读完哪部小说的心情相仿佛呢?仔细想想,或许和读罢《红楼梦》差可比拟。

《春雪》无疑是四部曲中写得最成功的一部,代表了典型三岛文学的浪漫精神、贵族情趣、王朝憧憬和天皇情结。这部作品在艺术表现上一如既往，依然是一副"三岛流"的笔墨，奇思妙幻的构想，云谲波诡的情节，诗意充盈的描摹，汪洋恣肆的文字，不厌其烦、发人警醒的哲学思辨，等等，都达到十分完美的地步，在当代日本作家中，这种风格显得特别突出。其中，"游园""赏雪""幽会""访寺"等场景，尤为细腻动人。

《春雪》始译于二〇一一年七月，当时另一部长篇《禁色》中译本刚刚出版，《春雪》和《禁色》都是长篇巨著，竟然能耐着性子用电脑一个字一个字"敲"出来，连我自己都感到是个奇迹。而今，三十万字的《春雪》临近年底就完成了，其间，还插译了一部作者自选短篇集《鲜花盛开的森林·忧国》。不用说，这半年对我来说也许是最紧张的时期，除了上课、研究指导和跑医院，我几乎将所有星星点点、针头线脑般的"闲空儿"都用来译三岛了，可谓"焚膏油以继晷，恒兀兀以穷年"。

走笔至此，远远寺院的钟声刚刚敲响，二〇一一年只剩几分钟了,我突然意识到,这悠悠的长鸣之中,不也有清显苦访聪子而未果的月修寺的钟声吗?

昔我往矣,杨柳依依;今我来思,雨雪霏霏。

陈德文

二〇一一年除夕钟声中

于春日井高森山庄闻莺书院

愤怒和悲哀同某种热情一样,

是缺乏高雅情趣之心所犯的过错。

图书在版编目（CIP）数据

春雪 /（日）三岛由纪夫著；陈德文译 . —沈阳：辽宁人民出版社；桂林：广西师范大学出版社，2021.3（2025.6 重印）
 ISBN 978-7-205-10065-0

Ⅰ.①春… Ⅱ.①三… ②陈… Ⅲ.①长篇小说—日本—现代 Ⅳ.① I313.45

中国版本图书馆 CIP 数据核字（2020）第 255560 号

出版发行：	辽宁人民出版社
	地址：沈阳市和平区十一纬路 25 号 邮编：110003
	电话：024-23284321（邮　购）　024-23284324（发行部）
	传真：024-23284191（发行部）　024-23284304（办公室）
	http://www.lnpph.com.cn
印　　刷：	河北鑫玉鸿程印刷有限公司
幅面尺寸：	105mm×148mm
印　张：	9.875
字　数：	190 千字
出版时间：	2021 年 3 月第 1 版
印刷时间：	2025 年 6 月第 10 次印刷
责任编辑：	盖新亮
特约编辑：	徐　露　苏　骏
装帧设计：	COMPUS · 汐和
责任校对：	吴艳杰
书　号：	ISBN 978-7-205-10065-0

定　价：52.00 元

The Sea of Fertility I

SPRING SNOW

vol. 2

Yukio Mishima